I0669481

BIIOV

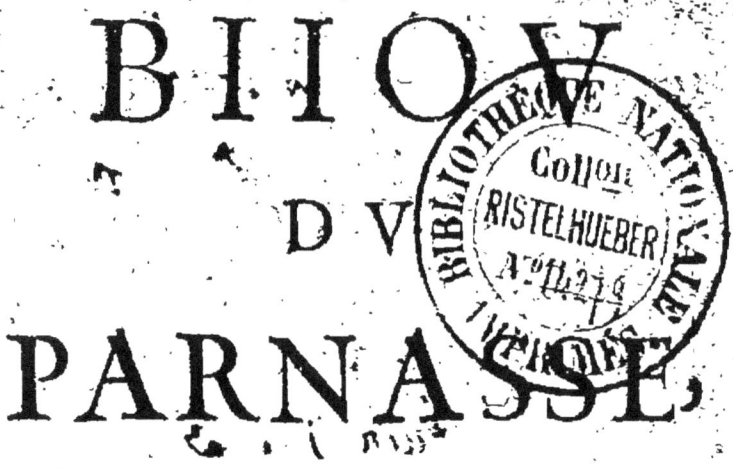

DV

PARNASSE,

*Par Mademoiselle DE MORVILLE,
Comedienne du Roy, dans la Troupe
Royale de Chambord.*

A GRENOBLE,

Chez IEAN NICOLAS, Marchand
Libraire, ruë du Palais.

M. DC. LXX.

Avec Permiſſion, & Privilege.

A MONSEIGNEVR,

MONSEIGNEVR
LE DVC DE
LESDIGVIERES,

PAIR DE FRANCE,

Chevalier des Ordres du Roy,
Gouverneur & Lieutenant
General pour Sa Majesté
dans la Province de Dau-
phiné, &c.

ONSEIGNEVR,

Le petit Bijou que je prens la

EPISTRE.

liberté de vous offrir, vous surpren-
dra sans doute ; & je suis persuadée que vous n'attendiez pas qu'on
vous d'eût jamais presenter une bagatelle si au dessous de vous. Mais,
MONSEIGNEVR, les bon-
tez que vous avez eües pour moy,
sans me connoistre, ne me permet-
tent pas d'attendre que le temps
m'ait renduë capable de produire
quelque chose moins indigne de
vous estre offert. La juste impa-
tience où je suis de vous asseurer
de mes respects, & de ma re-
connoissance, me fait craindre
qu'on ne m'accusast d'ingratitude,
si le dessein de vous faire present
d'un Ouvrage plus considerable,
me faisoit retarder l'adveu de ce

EPISTRE.

que je vous dois. Il vous est si
naturel de faire du bien, que peut-
estre aurez-vous oublié les obliga-
tions que je vous ay. Cependant,
MONSEIGNEVR, ce
sont les graces que j'ay receuës de
vous, qui m'ont fait prendre la
hardiesse de vous en demander
de nouvelles, & c'est la connoissance que j'ay de vostre bonté, qui
m'oblige à vous prier d'accepter
les premiers Vers que j'ay faits, &
de les recevoir avec cette douceur obligeante & genereuse, que
l'on remarque dans toutes vos
actions. Si vous leur accordez
l'honneur de vôtre protection, je suis
asseurée que tout le monde se vou-
dra soumettre à vostre jugement,

EPISTRE.

& que personne n'aura l'envie de condamner ce que vous aurez approuvé. Toute la France est trop persuadée de vostre discernement, pour qu'il s'y trouve des censeurs qui vous osent contredire ; & si je puis obtenir l'approbation du GRAND DVC DE LESDIGVIERES, elle entrainera celle de tous ceux qui liront ce petit recueil. Vous voyez, MONSEIGNEVR, que mes pretentions sont bien hautes, & que j'ay bien de l'ambition & de la vanité, puis qu'en m'acquittant d'une dette , je cherche encore d m'asseurer le glorieux appuy que je vous ay demandé : mais si ces deux qualitez sont des def-

EPISTRE.

fauts, il est si naturel à mon sexe de les avoir, que je suis excusable si je n'ay pû m'en deffendre; & si je les pousse jusques à publier hautement, que je fais gloire de me dire avec tout le respect que je vous dois,

MONSEIGNEVR,

Vostre tres-humble,
& tres-obeïssante
servante.
DE MORVILLE.

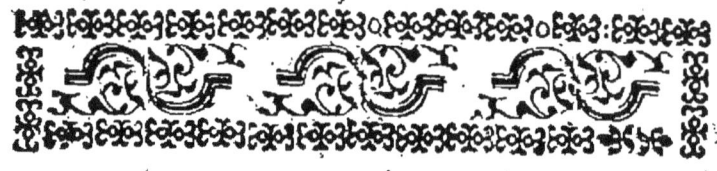

A Mademoiselle de Morville,
sur son Livre.

MADRIGAL.

IL n'est rien si coulant que les vers de
    Melite,
    Ils sont tendres, faciles, doux,
    Et leur caractere merite,
    D'emporter le prix dessus tous.
    Ce qu'Elle escrit est agreable ;
    Mais il n'est rien de comparable,
    A ce qu'Elle montre d'appas :
    Elle est de tant d'attraits pourveuë,
    Que du moment qu'on l'a connuë,
    On languit de ne la voir pas.

P * * *

ELEGIE.

ELEGIE.

§ * §

Oy qui fis autrefois mes
plus cheres delices,
Et qui fais à present mes plus
cruels supplices,
Souvenir importun d'un objet odieux,
Pourquoy viens-tu troubler mon repos
dans ces lieux?
Crois-tu que le dépit d'estre si mal aimée
Laisse éteindre jamais ma colere enfla-
mée;
Ou que mon triste cœur aprés ce lache
tour,
Se veüille abandonner aux rufes de l'A-
mour?
N'espere pas de moy cét excés de baf-
sesse;
Il suffit qu'une fois il en eut la foiblesse,
Qu'il ceda par surprise à ce petit trôpeur,
Et ne put resister à sa premiere erreur.

A

Helas ! je le croyois ſans fourbe & ſans
   malice,

Ie ne ſoupçonnois point un enfant d'ar-
   tifice ;

Et voyant cét Amour & ſi jeune & ſi
   beau,

Mon cœur avec plaiſir luy ſervit de ber-
   ceau.

En le trouvant d'abord ſi doux en apparence,

Ie le crus voir toûjours dans la meſme
   innocence ;

Les jeux & les plaiſirs le ſuivoient en
   tous lieux,

Vn bandeau nuit & jour eſtoit deſſus
   ſes yeux.

Le croyant un aveugle incapable de
   nuire,

Aurois-je deviné qu'il me vouloit détruire ?

Il me diſoit ſouvent, Le jeune Philidas
Eſt tout preſt d'expirer pour plaire à tes
   appas,

Il eſt de mes amis, tâche, chere Silvie,
Par un peu de douceur à côſerver ſa vie ;
Ecoute ſes ſoûpirs, ſouffre ſon entretien,
Et n'apprehéde pas qu'il t'en arrive rien.

Quand il voudroit te nuire, il feroit im-
poſſible,

Il ſçait que de tout temps ton ame eſt
inſenſible,

Et malgré la douleur dont il eſt affligé,

Il ne peut t'attendrir ſans avoir mon
congé.

Souffre aumoins par pitié ſa veüe & ſa
viſite,

Ne crains point de l'aimer malgré tout
ſon merite;

Pour moy loin de ſonger à te vouloir
bleſſer,

Si tu veux mon Carquois, je te le vais
laiſſer.

J'acceptay ce party dans mon erreur ex-
trême,

Sans ſçavoir que ſouvent on ſe bleſſe
ſoy-meſme:

Ie vis donc Philidas, ſouffris tous ſes
ſoupirs,

Et plaignis en ſecret ſes triſtes deplaiſirs.

Qu'aiſément la pitié ſçait attendrir une
ame!

Amour par ſon ſecours me fit ſentir ſa
flâme.

Philidas accablé de mortelles douleurs,
Aprés avoir versé de gros torrens de
  pleurs,
Me dit en soûpirant, Il faut, belle Silvie,
Ou finir mes malheurs ou terminer ma
  vie ;
Vous pouvez me guerir dedans ce mef-
  me jour,
Donnez-moy seulément un des traits de
  l'Amour ;
Vous n'en serez pas moins insensible,
  inhumaine,
Mais enfin ce present soulagera ma peine.
De vous depend ma joye & mon unique
  bien,
Et vous me guerirez sans qu'il vous coû-
  te rien.
Ie voulus aussi-tost pour finir son mar-
  tyre,
Luy donner un des traits qu'il venoit de
  me dire,
Et pensant rencontrer un remede à son
  mal,
Ie le tiray pour luy de ce Carquois fatal.
Dieux, que cette bonté m'a fait verser
  de larmes !   [mes ;
Ie n'estois point adroite à manier ces ar-

Touchant à tous ces traits sans me bien
　ménager,
Ie m'y blessay moy mesme en voulant
　l'obliger.
Ie sentis bien d'abord un tourment in-
　croyable ;
Mais au commencement c'estoit un mal
　aimable :
Sans vouloir écouter l'advis de la raison,
Ie n'en recherchay pas mesme la gueri-
　son.
Amour feignant alors une douleur ex-
　tréme,
S'offrit pour me guerir à me penser luy-
　mesme ;
Et voulât se servir d'un remede nouveau,
Il dit à Philidas d'apporter son flambeau.
Mais regardant de prés ma funeste bles-
　sure ,
Il joignit à mon mal encore une bruslure;
Puis d'un ton menaçant, me dit, Voicy
　le jour ,
Qui t'apprendra, rebelle, à brusler à ton
　tour.
Ainsi pour Philidas je demeuray blessée,
Depuis ce jour sans cesse il fut dans ma
　pensée ,

Sans luy tout deplaiſoit à mon cœur en-
　flamé,

Et cét ingrat helas ! ne fut que trop
　aimé,

Dans les commancemens de cét ardeur
　nouvelle,　　　　　　　　　　　nelle ;

Il juroit qu'il bruſloit d'une flâme éter-
Il gravoit nos deux noms en mille en-
　droits divers,

M'eſcrivoit tous les jours des billets ou
　des vers ;　　　　　　　　　　dreſſe,

Et pour tirer de moy l'adveu de ma ten-
Iuroit à tout moment qu'il m'aimeroit
　ſans ceſſe.

Enfin je me rendis à ce laſche vainqueur,

Et je luy confeſſay qu'il poſſedoit mon
　cœur.

Cependant ce perfide au mépris de ſa
　flâme,

A trahy les ſermens qui m'engageoient
　ſon ame ;

Malgré le plus beau feu qu'Amour ait
　allumé,

Il neglige ce cœur aprés l'avoir charmé.

Eſt-il une action ou plus lache ou plus
　noire ?　　　　　　　　　　　[moire,

Ha ! ne m'en parlez plus, inhumaine me-

Rigoureux ſouvenir d'un ingrat que je
  hais,

Vos ſoins ſont ſuperflus, ne m'en parlez
  jamais.   [mable,

Vous me dites en vain, Philidas eſt ai-

Il a l'air fort galant, & l'eſprit agreable;

Quoy que je ſache bien ſes belles qualitez,

Rien ne peut excuſer tant de legeretez,

Il faut abſolument qu'un plus conſtant
  me vange,

Ie ſçay qu'il eſt honteux d'avoir recours
  au change ;

Et que l'ayant blâmé d'avoir manqué de
  foy,

Ie ne dois point choiſir ſon exemple
  pour moy.

Mais puis que l'infidelle a trahy mes tendreſſes,

Et qu'il fait chaque jour de nouvelles
  Maiſtreſſes,   [rir,

Qu'une legere abſence a dequoy le gue-

Il faut changer plûtoſt que l'aimer &
  mourir.

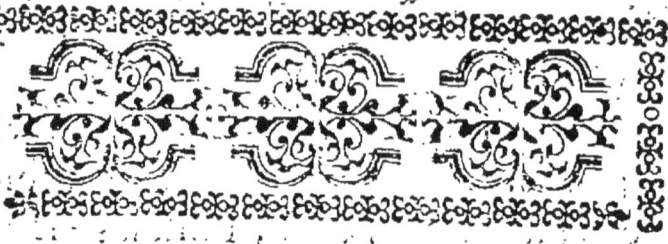

STANCES.

§ * §

CHer & seul confident de ma secret-
　　te joye,
Qui vis naistre mes feux pour mon vo-
　　lage Amant,
Reçois tous les soûpirs que ma douleur
　　t'envoye,
Et souffre à mes malheurs ce foible alle-
　　gement :
　　　　Eco, je ne puis plus me taire,
　　　Tu sçais que Tircis m'a sceu plaire;
Mais tu n'as point appris le reste du se-
　　cret,
Ie vais te découvrir jusqu'au fond de
　　mon ame :
Arreste cependant ton babil indiscret,
　　　　Et ne parle point de ma flâme.

Ie mourrois de depit si tu m'allois tra-
  hir,
Eco garde toy bien de parler de ma peine,
Sur tout devant Tircis il me faut-obeïr,
L'ingrat est trop volage & son ame est
  trop vaine ;
  Il s'applaudiroit en vainqueur
   De tous les troubles de mon cœur,
S'il sçavoit que c'est luy qui fait que je
  soûpire,
Ie ne verse des pleurs que pour sa tra-
  hison ;
Mais si tu luy disois, il n'en feroit que
  rire,
  Au lieu de m'en faire raison.

    ❧❀❧

Appren donc cher tesmoin de ma dou-
  leur extréme,
La cause du chagrin dont je me plains
  icy ;
Le premier de mes maux me vient de ce
  que j'ayme ;
Mais l'amour seul n'est pas mon plus
  cruel soucy :
  La jalousie & la colere
   Augmentent ma douleur amere ;

Et ces trois paſſions dans mon cœur
　　abattu ,

L'attaquent tour à tour avecque tant
　　de rage ,

Que pour en triöpher il faut à ma vertu,
　　　　Le ſecours d'un peu de courage.

❦❦❦

Iamais dans un eſprit fortement amou-
　　reux ,

On ne vit éclater de flâme plus ſincere,

Que celle que l'amour dans ce cœur
　　malheureux ,　　　　　　　gere :

A fait naiſtre en faveur de cette ame le-
　　　　Toute l'ardeur qu'on peut avoir ,

　　Tout ce qu'un grand amour fait voir ,

Tout ce qui peut marquer la plus forte
　　tendreſſe ;

Ie l'ay fait pour montrer que j'aimois à
　　mon tour ,

Et ce crüel Tircis aprés tant de foibleſſe,
　　　　N'a pû douter de mon amour.

❦❦❦

Cependãt cét ingrat, cét Amant infidelle,

Aprés m'avoir juré qu'il ſoûpiroit pour
　　moy ,

Aprés m'avoir promis une flâme éternelle,

Me manque impunément de parole &
de foy :

   Ce bois, ces prez, & ce bocage,

   Sont teſmoins du nœu qui l'engage;

Ce ruiſſeau qui cent fois fut groſſi de ſes
pleurs,

Et de qui nos ſoûpirs ont fait enfler les
ondes,

Pourra-t'il ſans murmure apprendre mes
malheurs,

   Et mes peines profondes ?

❧❧❧

Non, tout condamnera cette infidelité,

Et lors que l'on ſçaura mon extréme innocence,

Et que l'ingrat Tircis aprés tant de
bonté,

Ne m'a repris ſon cœur que par ſon inconſtance,

   L'on dira que c'eſt un ingrat,

   Vn infidelle, un ſcelerat,

A qui l'Amour devroit ordonner un ſupplice :

Eco, voila le mal qui trouble ma raiſon,

Tu ſçais tous ſes ſermens, tu vois ſon
   injuſtice ,
      Venge moy de ſa trahiſon.

Son infidelité comme moy t'intereſſe,
Tu m'as plus de cent fois repeté ſes ſermens ,
Tu diſois aprés luy que j'avois ſa tendreſſe ,
Que ma ſeule rigueur cauſoit tous ſes
   tourmens :
     Ta foy fut garant de la ſienne,
     Fais Eco, qu'il me la maintienne;
Qu'il me rende ce cœur que tu m'avois
   promis :
Ton honneur te l'ordonne, il faut le ſatisfaire ;
Fais qu'il vienne à mes pieds repentant
   & ſoûmis ,
     Ou bien qu'il ceſſe de me plaire.

Sonnet redoublé.

§ * §

TRanſports impetueux de colere &
d'amour,

Impitoyable orgüeil que le ſexe me donne,

Cedez ſans me flater au deſtin qui l'ordonne,

Aprés avoir en vain diſputé tour à tour.

* * *

A d'autres yeux qu'aux miens Alcandre
fait la Cour,

Ie vois à ſa froideur que l'ingrat m'abandonne,

Et que par un chagrin dont ma raiſon
s'étonne,

Son inconſtance eſt preſte à me coûter
le jour.

* * *

Souffrons ſans murmurer qu'il porte
ailleurs ſon ame,

Il peut comme il luy plaît difposer de fa
    flâme ;
Mais Dieux que cét effort eft pénible
    pour moy !

Puis-je fans expirer fous ma douleur
    profonde.
Voir Alcandre m'ofter fon amour & fa
    foy ,
Et dédaigner mon cœur le plus conftant
    du monde !

Sonnet ſur les meſmes rimes.

Qve dis-je, juſte Ciel! quoy cét indigne amour
Détruira les conſeils que la raiſon me
donne !
Mépriſons cét ingrat, ma gloire me l'ordonne ,
Vengeons-nous & ceſſons de l'aimer à
mon tour.

Il eſt d'autres Amans dans cette aimable
Cour ,
Dont je dois craindre peu que le cœur
m'abandonne ,
Il en eſt de conſtans, & ma fierté s'é-
tonne,
D'avoir pû ſe reſoudre à balacer un jour.

Alcandre de mes fers a dégagé ſon
ame,

L'inconstant porte ailleurs son amour
  & sa flâme,
Malgré tant de sermens il ne vit plus
  pour moy.

I'en ay senty d'abord une douleur pro-
  fonde,
Mais je ris à present de son manque de
  foy,
Qui m'oste un importun le plus fâcheux
  du monde.

MADRIGAL.

MADRIGAL.

§ * §

Silvie au bord d'une fontaine,
Reſvant à l'excés de ſa peine,
Et ne pouvant ſçavoir qui cauſoit ſa
  langueur,
Apperçeut Philidas qui s'avançoit vers
  Elle,
Et ſentant à ſa veüe un battement de
  cœur,
  Helas ! dit auſſi-toſt la Belle,
Ie ne demande plus qui me trouble en
  ce jour,
Mon cœur me dit que c'eſt Philidas &
  l'Amour.

B

Autre.

QVe me difent vos yeux par leur
muët langage ?
Savez vous ce qu'aux miens ils ont fait
hazarder ?
Ha ! ceffez de me regarder,
Ou vous expliquez davantage.

Autre.

QVoy vous me reprochez, Alcadre,
Que rien ne me fçauroit toucher.
Ha ! defabufez-vous de peur de vous
méprendre ;
Et fachez que mon cœur pour avoir efté
tendre ,
M'a coûté quelque fois bien cher.

Stances irregulieres.

IE pense à tout moment â vous,
Vne douce langueur me trouble & m'in-
quiette :
Ie ne sçay ce que c'est ; mais je crains
ma deffaite,
Et j'apprehende bien de ressentir vos
coups.

Souvent en vous voyant mon triste cœur
soûpire,
Il s'émeut & me fait souffrir ;
Tircis, le plus cruel martire
Qu'on puisse jamais ressentir.

Iugez à mon désordre extréme,
Quel est le mal dont je me plains ;
Ie ne sçay pas trop bien si c'est que je
vous aime ;
Mais en verité je le crains.

Sur une Dame qui fit fesser son
petit Laquais qui la regardoit,
au lieu de prier Dieu durant la
Messe.

Stances irregulieres.

Si l'on est fustigé quand on se donne
à vous,
O beauté trop cruelle !
Que fera désormais un cœur tendre &
fidelle,
Qui borne à vous servir ses souhaits les
plus doux ?

Et quoy, vous vous plaignez qu'un enfant
qui vous aime,
Est sans devotion !
Helas ! en vous voyant châcun est tout
de mesme,
Car on est prés de vous dans l'admiratiô.

Quand on voit vos beaux yeux & qu'il
faut que l'on penſe
  A vos rares appas;
L'on ne conſulte pas aſſez ſa conſcience,
Pour ſonger fortement à ce qu'on ne
voit pas.

Au mal que vous cauſez ſoyez plus in-
dulgente,
  Et ſouvenez-vous mieux,
Qu'une ame en vous voyant n'eſt pas
fort penitente,
Et ſonge plus à vous qu'elle ne fait aux
Dieux.

A la mesme, sur un mal de cœur qui la fit sortir un moment de la Comedie.

STANCES.

Qvand on me dit hier, beauté pleine
　de charmes,
Que voſtre cœur malade eſtoit preſt
　d'expirer ;
La douleur me penſa d'abord deſeſperer,
Et ma conſtace mit auſſi-toſt bas les armes.
Mon ame toute émuë en ſon premier
　tranſport,
Dedans ſon deſeſpoir me fit chercher la
　mort ;
Mais, Amour qui voyoit ma douleur ſans
　ſeconde,
Me dit, Ne penſe pas qu'un ouvrage ſi
　beau,
Et qui ſoûtient ſi bien ma gloire dans le
　monde,
　　Entre ſi toſt dans le tombeau.

Cét eſpoir ránimoit má conſtance aba-
 tuë,

Et de mes deplaiſirs arreſtoit les rigueurs.

Alors que vos beaux yeux ces aimables
 vainqueurs,

Vinrent comme un Soleil diſſiper cette
 nuë;

Le ne pûs m'empeſcher en voyant leur
 clarté,

De dire en ſoûpirant, Et quoy ! cette
 beauté

Que l'on doit adorer ſur la terre & ſur
 londe,

Peut ſouffrir des douleurs ? Oüy, répondit l'Amour,

Puis qu'elle fait ſouffrir les cœur de tout
 le monde,

 Le ſien doit ſouffrir à ſon tour.

Sur la mort de Mademoiſelle du P****

SONNET.

AMour, il n'eſt plus temps de porter
    un Carquois,
Ton Arc & ton Flambeau t'eſt fort peu
   neceſſaire :
Brize tes traits, Amour, tu n'en a plus
   à faire,
Puis qu'il n'eſt plus de cœurs preſts à
   ſuivre tes lois.

La mort ſeule à ſon tour les a tous à ſon
   choix,
Elle a ravy l'objet le plus digne de plaire;
Et pour ſuivre au cercueil une beauté
   ſi chere,
Le deſeſpoir ſur nous luy donne meſmes
   droits.

Ie

Ie connois bien, Amour, que t'arracher
   tes armes ,
C'eſt redoubler encor tes ſanglots & tes
   larmes;
Mais l'aimable du P *** vient d'entrer au tombeau.

Ta flâme aprés ſa mort ne ſera plus
   ſoufferte,
Et tu peux ſeulement conſerver ton
   bandeau ,
Pour eſſuyer les pleurs que tu dois à ſa
   perte.

C

Sur le mesme sujet.

MADRIGAL.

AMour, à quoy t'amuses-tu ?
　Tu r'allumes toutes tes mesches;
Brusles-en, pauvre Enfant, ton Carquois
　& tes fleches,
Aussi bien à present elles sont sans vertu:
Ton équipage, Amour, n'a plus d'attraits
　pour plaire,
L'adorable du P*** a souffert le
　trepas.
Pleure cette beauté mieux faite que ta
　Mere ;
Mais tu n'es qu'un Enfant, & tu ne con-
　nois pas,
　　La perte que tu viens de faire.

A quoy te serviroit tout ce funeste
　attour,
　　Ton Carquois & ton Equipage ?
Tu n'as plus aucuns traits qui puisse
　estre en usage,
La du P*** en mourant a desarmé
　l'Amour.

Autre, sur le mesme sujet

LA mort de l'aimable Marquise,
Iusques au desespoir emporte ma dou-
le ur :
    Si l'Amitié me tirannise,
    Que feroit l'Amour sur mon cœur?

Autre, sur le mesme sujet.

L'Amour, l'autre jour, tout en pleurs,
S'en alla se jetter sur le lit de sa Mere ;
Venus voyant l'excés de sa douleur ame-
re ,
Voulut sçavoir de luy qui causoit ces
douleurs :
Helas ! luy dit l'Amour, souffrez que je
soûpire,
Ie pers ce que les Dieux formerent de
plus beau;
    La mort a détruit mon Empire,
En mettant pour jamais la du P *** au
tombeau.

MADRIGAL.

§ * §

PAr une avanture impreveuë,
Tu viens de mener dans la ruë,
Ma Rivalle & moy jusqu'icy ;
Tu m'as serré la main pour flater ma ten-
dreſſe :
Mais dans le meſme temps, à ton autre
Maiſtreſſe,
Tu la ſerrois peut-eſtre auſſi ?

Autre, ſur le meſme ſujet.

§ * §

QVand tu m'appris hier que nous
ſoupions enſemble,
Ie loüay ce bon-heur ſi doux,
Qui pour joindre deux cœurs que noſtre
Amour aſſemble,
Vouloit s'entendre avecque nous.
Mais à lors que je vis ma ſuperbe Rivale,
Iouïr d'une faveur égale,

Que tu luy pris la main pour croiſtre
  ma douleur ;
Cruël, dis-je tout bas, t'accuſant d'injuſtice ,
    Reſerve moy du moins celle du cœur,
Si tu ne veux encore augmenter mon
  ſupplice.

Autre.

§ * §

JE dévine à peu prés, Tircis,
  Pourquoy ſans chagrin ñy ſoucis,
Tu peux bannir l'Amour dont le feu nous
  aſſemble ,
Tu ne pers rien qu'à toy, lors que tu pers
  mon cœur ;
Mais en perdant le tien, juge de ma dou-
  leur ,
Puis que je pers le bien de tout le mon-
  de enſemble.

Autre.

§ * §

IRis accablée en secret,
Par la douleur & le regret,
De la perte qu'elle avoit faite,
Apprit qu'Amarillis condamnoit sa lan-
gueur.
Ha! répondit Iris, Cette jeune indis-
crette,
Ne m'accuseroit pas avec tant de ri-
gueur,
Si sans avoir le temps d'empescher sa
deffaite,
Vn inconstant voloit son cœur.

ELEGIE.

ENfin je me voy libre, & dans mes
déplaiſirs,

Ie pourray ſans témoins perdre quelque
ſoûpirs.

Ruiſſeaux pour m'écouter arreſtez vôtre courſe,

Voyez de mes malheurs l'inépuiſable
ſource,

Et ſouffrez pour porter en tous lieux
mes douleurs,

Que je puiſſe groſſir voſtre cours de mes
pleurs.

Mais quoy ! cher confident des peines
que j'endure,

Que voulez-vous me dire avec voſtre
murmure ?

Ne conſentez-vous pas à ſçavoir la rigueur,

Qu'un Berger inconſtant exerce ſur mon
cœur ?

Cét objet inconſtant eut toutes mes tendreſſes ;

Et puiſque ſon merite a cauſé mes foi-
   bleſſes ,

Que je ne puis guerir d'un mal qui fut
   ſi doux ,

Souffrez que je m'en plaigne aumoins
   au prés de vous :

Ne me refuſez pas cette douceur amere,

Découter un moment ce qui fait ma
   miſere.

Si cette complaiſance eſt pour vous ſans
   appas ,

Ma mort viendra bien-toſt , ne vous
   ennuyez pas.

Vous n'aurez pas long-temps à ſouffrir
   le martyre ,

D'écouter les regrets de ce cœur qui
   ſoûpire.

Il eſt trop mal-aiſé de ſouffrir plus d'un
   jour,

Le chagrin que me cauſe un violent
   Amour ;

Aprés avoir gagné le cœur de ce que
   j'aime ,

En voir aimer un autre en ma preſence
   meſme :

N'avoir pas merité ce changement si
  prompt,

Ie ne sçaurois survivre à ce mortel af-
  front.

En vain ma raison veut détruire ma foiblesse,

Mon destin est d'aimer & de souffrir
  sans cesse.

I'ay pris trop d'habitude à ce mal plein
  d'apas,

Et je n'en puis guerir qu'en courant au
  trepas.

Quoy que cette inconstance excite ma
  colere,

Philidas me plut trop pour me pouvoir
  déplaire.

Quand un cœur une fois se destine à l'a-
  mour,

Il doit aimer toûjours jusqu'à son dernier jour.

Ces moments bien-heureux, cette douceur extréme,

Que l'on trouve à se voir aimé de ce
  qu'on aime;

Ce concert de soûpirs, que poussent les
  Amans,

Ces desirs amoureux, ces doux empor-
  temens;

Sont des attachemens dont toute ma
   colere,

Toute jufte qu'elle eft, ne me fçauroit
   diftraire.

Mais pourquoy repeter dans ce cœur
   offenfé,

Ces mortelles douleurs dont le temps
   eft paffé ?   [tyre,

Loin que ce fouvenir foulage mon mar-

Il augmente les maux qui font que je
   foûpire.   [goureux,

Ha ! mon cœur, banniffons ce penfer ri-

Depuis affez long-temps il te rend malheureux,

Peins-toy plûtoft l'orgueil de l'objet
   infidelle,

Qui te caufe en tous lieux cette peine
   cruelle ;

Et loin de foûpirer & la nuit & le jour,

Faifons que le depit éteigne nôtre amour.

Ce font les feuls confeils que ma raifon
   doit prendre,

D'un infolent amour, tâchons de nous
   deffendre.

Ce Dieu peut amufer les plus foibles
   efprits ;

Mais tout cœur qui l'écoute eft digne
   de mépris.

Sur le départ de Mademoiſelle de * * * * *

STANCES.

IL faut donc vous quitter, adorable
   Silvie,
Voſtre cruel départ vient d'eſtre reſolu :
Hé bien ! ſans balancer, contentez vôtre
   envie,
I'en mourray de douleur, mais vous l'a-
   vez voulu.

Ne me redites plus qu'une Mere cruelle
Vous force de quitter à regret ce ſejour,
Quand on ſçait bien aimer & que l'on
   eſt fidelle,
On ne doit obeïr ſeulement qu'à l'A-
   mour.

Ie sçay qu'un fier devoir qui m'est in-
    supportable,
Sur vostre ame timide a beaucoup de
    pouvoir.
Mais alors qu'un beau feu nous peut
    rendre excusable,
On prefere l'Amour aux rigueurs du de-
    voir.

❧❦❧

Ie crois estre asseuré que dans vostre
    tendresse,
Aucun jusqu'à present n'a plus de part
    que moy.
Mais souvent vostre sexe a beaucoup de
    foiblesse,
Et nous peut rarement long-temps gar-
    der sa foy.

❧❦❧

Qu'importe, Amour, quelle loy vous
    oblige,
A quitter un Amant sur le point de perir?
Le coup mesme est plus doux, si vostre
    cœur s'afflige,
Ie meurs moins mal-heureux; mais c'est
    toûjours mourir.

STANCES.

DEſirs ne m'en parlez jamais ,.
Ie ne puis côtéter vôtre importune envie;
Vous ſçavez de quel air Tircis traite
    Silvie,
Il pourroit bien tromper vos amoureux
    ſouhaits.
    Il eſt inconſtant & volage ,
    Il n'aime jamais plus d'un jour ;
    Ne luy laiſſons pas l'avantage,
    D'avoir mépriſé noſtre amour.

    Fuyons ſa veuë & ſa viſite,
Il eſt trop dangereux pour ne le craindre
    pas ;
Il a beaucoup d'eſprit, il a bien du merite,
Mais un fâcheux deffaut ternit tous ſes
    appas :
    Il promet toûjours ſa tendreſſe,
    Il jure une éternelle ardeur ;
Mais l'inconſtant qu'il eſt, negligeant ſa
    promeſſe,
    Garde toûjours ſon cœur.

MADRIGAL.

POurquoy, cruel Amant, demandez-
vous mon cœur,
O Dieux! qu'elle eſt voſtre rigueur,
De demander un bien qu'un autre objet
engage ?
Ie ſçay que voſtre Amour eſt ſincere
pour moy,
Que vous me promettez un éternel
hommage,
Quand demandant mon cœur, vous
m'offrez voſtre foy.
Mais, Dieux! ce triſte cœur que vous
voulez, ſoûpire,
Quand il ſonge qu'il faut abandonner
Tircis:
Il gemit d'un ſi grand martyre,
Et côſent à petit malgré tous vos ſoucis,
Plûtoſt que de ſouffrir qu'une flâme nou-
velle,
Puiſſe rompre le cours d'une amitié ſi
belle.

Autre.

§ * §

VOus vous eſtes enfin par de fauſ-
ſes tendreſſes,
De Climene & d'Iris ſçeu rendre le vain-
queur ;
Mais pour cóſerver deux Maiſtreſſes,
Vous n'avez pas aſſez d'un cœur.

Autre.

VN jeune Amant en regardant ſa
Belle,
Soûpiroit toûjours tendrement,
Et luy diſoit, d'un air languiſſant &
charmant ;
Mon aimable Iſabelle,
Soulagez mon tourment :
Va, Lizandre, dit-elle,
Si tu n'aimes que moy,
Et que tu ſois fidelle,
Mon cœur ſera pour toy.

EPIGRAMME.

JE sens un trouble extréme,
Quand Lizis sort d'icy :
Dieux ! s'il faut que je l'aime,
Faites qu'il m'aime aussi.

Autre.

DEpuis le jour fatal que mes yeux
    vous ont veüe,
D'un trouble tout nouveau mon cœur
  est prevenu;
Le mal que je ressens m'est encore in-
connu,
    Mais, aimable Iris, il me tuë :
Je resve à vous sans cesse, & la nuit, &
le jour ;
    Soüvent je pleure & je soûpire;
Iris que pensez-vous, d'un si cruel martyre,
C'est à peu prés ainsi qu'on nous dépeint
l'Amour.

MADRIGAL.

MADRIGAL.

ON dit déja par tout que mon Amour
    extréme
    Va jufqu'au dernier point;
    Enfin, l'on croit que je vous aime,
Et vous feule, Philis, vous ne le croyez
    point.

SONNET.

INfenfibles Rochers, confidens de ma
    peine,
Arbres, Ruiffeaux, Eco, témoins de mon
    Amour,
Apprenez que Philis, loin de quitter fa
    haine,
La fait pour mon malheur redoubler
    chaque jour.

D

Rien ne fçauroit toucher cette aimable
 inhumaine,

Et quoy que dans ces lieux tout s'enflâme à fon tour,

L'exemple ne peut rien fur cette ame
 hautaine,

Pour la rendre à mes vœux par un heureux retour.

Cesse donc de l'aimer, mon cœur, s'il
 t'est possible,

Donne tous tes foûpirs à quelque objet
 fensible,

Et de qui la bonté foulage ta langueur.

Ou si tu veux mourir pour luy prouver
 ta flâme,

Puifque l'amour jamais n'a pû toucher
 fon ame ;

Fais qu'aumoins la pitié puisse attendrir
 fon cœur.

STANCES.

QVand je crus belle Iris, que vous
   vouliez ma mort,
Ie consentis sans paine à remplir vostre
   attente,
Et je me disposois sans me faire d'éffort,
A mourir à vos pieds pour vous rendre
   contente.
Mais lors qu'au lieu de voir vos beaux
   yeux irritez,
Ie découvris en eux par leur vives clar-
   tez,
Que vostre ame pour moy n'estoit pas
   insensible ;
Ma raison, il est vray, ne me put retenir.
Ie baisay vostre main; mais Dieux ! est-il
   possible,
Que pour l'avoir ozé, vous me vouliez
   bannir.

D ij

Ha! je ne pense pas, malgré vostre courroux,
Que l'on puisse estre injuste alors qu'on
  est si belle;
Pour me faire trembler vos beaux yeux
  sont trop doux,
Et démentent trop bien vostre bouche
  cruelle.
Oüy je garde l'espoir que ces yeux m'ont
  promis,
Mon crime est trop leger pour les rendre ennemis.
L'Amour a fait ma faute, il prendra ma
  deffense,
Luy-mesme vous dira qu'il causa mon
  transport;
Mais si vous n'oubliez cette legere of-
  fense,
Rien ne peut m'empescher de courir à
  la mort.

STANCES.

IE crois que vous m'aimez, Berger
   incomparable,
Au moins tous vos regards me l'asseurent
   ainsi :
Mais si vous me trouvez quelque chose
   d'aimable,
Pourquoy me cachez-vous vôtre amoureux soucy ?

Il est fâcheux d'aimer quand l'objet que
   l'on aime
Est insensible aux feux dont on est enflâmé :
Mais aussi, pour un cœur, c'est un plaisir
   extréme,
Quand on aime beaucoup, de pouvoir
   estre aimé.

Quel plaisir prenez-vous à souffrir un
  martyre,

Que je pourrois peut-estre aisément
  soulager ?

Helas ! si c'est pour moy que vostre cœur
  soûpire,

Eprouvez ma pitié, trop aimable Berger.

❦❦❦

Apprenez que mon cœur sera sensible
  & tendre,

Quand vous me donnerez quelque preu-
  ves d'Amour ;

Et que mal-aisément il pourra se deffendre,

Si vous bruslez pour moy , de brusler à
  mon tour.

❦❦❦

Quoy, ne puis-je jamais sçavoir de vôtre
  boûche ,

Si dedans vostre cœur vous m'estimez
  un peu ?

Ha ! Berger , c'est assez , je voy qu'A-
  mour vous touche,

Et vos derniers soûpirs m'en ont trop
  fait l'adveu.

MADRIGAL.

Qvand je penſe à vous je ſoûpire,
Ie rougis auſſi-toſt que je veux vous
nommer,
Ie n'oſe deviner ce que cela veut dire;
Mais je crains bien de vous aimer.

Autre.

Vn jour Philis en rougiſſant,
Dit à Lizis, qui meurt d'Amour pour
cette Belle:
La flâme que ton cœur reſſent,
Sera-t'elle éternelle ?
Helas ! luy répondit cét amoureux
Tircis,
Si vous connoiſſiez les ſoucis,
Que je ſouffre pour vous ſans ceſſe,

Vous ne douteriez plus de mon ardent
amour.

Il fit cé difcours avec tant de triftefle,

Qu'elle crut que Tircis alloit perdre le
jour :

Et pour fauver la vie à cét Amant fidelle,

Elle fentit pour luy ce qu'il fouffroit
pour elle.

Autre.

IRis vous triomphez de moy,
Vous avez un je ne fçay quoy,
Pour qui je foûpire fans ceffe ;
Ie ne fçay fi l'Amour fait naiftre ces
foûpirs :
Mais lors que je vous vois, Iris,
Ie n'ay point de triftefle ;
Et loin de vos beaux yeux je n'ay point
de plaifirs.

Autre.

Autre.

A Voſtre tour, Iris, vous ne me dites
rien,
Et je vous viens d'offrir & mon cœur &
ma vie.
Quoy donc, vous en riez ? Ha ! vraiment
je vois bien,
Qu'ils ne vous ont point fait de pitié ny
d'envie.

Stances irregulieres.

A Imable ſouvenir d'un Berger que
j'adore,
Pourquoy revenez-vous encore,
Dans un cœur triſte & malheureux?
Quoy qu'il me ſemble doux d'en cherir
la memoire,
Il ne m'eſt plus permis, ſans offenſer ma
gloire,
D'aimer un inconſtant qui reſſent d'au-
tres feux.

E

C'est trop long-téps garder la flàme,
Que son merite avoit allumée en mon
ame ;
Et que son inconstance en auroit deu
bannir.

Oüy, je devrois brizer ma chaine,
Méprifer un ingrat qui fait toute ma
peine,
Ou dumoins n'y penfer qu'afin de le
haïr.

Mais pourrois-je cesser d'aimer ?
M'accufera-t'on d'inconstance ?
Non non, je dois continuer,
Il faut aimer fans efperance ;
Mais par quels droits luy pardóner ?
Le crime le plus noir a caufé fon of-
fenfe :
Haïffons cét Amant leger ;
Mais il n'eft plus en ma puiffance.

Reviens donc souvenir, & cruel & char-
mant,
Parle moy fort souvent de l'objet de ma
flâme,
Mon cœur fait voir à tous que le pro-
verbe ment,
  Alors qu'il accuse la femme,
  D'estre sujette au changement.

❦

Et toy, cruel Amour, qui m'as bandé les
yeux,
  Ton flambeau n'a t'il plus de feux,
  Pour réchauffer ce cœur rebelle?
Rens moy du moins, Amour, son aima-
ble entretien;
Et si son cœur ne peut se donner pour le
mien,
Accorde aumoins sa veuë à mon amour
fidelle.

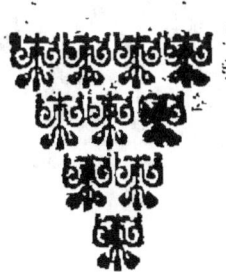

E ij

EPIGRAMME.

Soûpirs qui foulagés ma peine,
Allez vifte trouver mon aimable inhumaine,
    Et luy parlez de ma langueur;
Apprenez-luy l'excés de l'amour qui
m'enflâme,
Obligez cette ingratte à me donner fon
cœur,
    Ou pour affouvir fa rigueur,
    Emportez luy mon ame.

*Pour Monsieur le Président le * * **

Autre.

Tircis donne à ses vers un agreable
  tour,
Et sans découvrir sa tendresse,
Il fait connoistre à sa Maistresse
Qu'il a beaucoup d'amour,
Son respect l'empesche de dire,
Qu'elle fait naistre ses desirs;
Mais il voudroit envain luy cacher son
  Martyre,
S'il n'est plus à present maistre de ses
  soûpirs.

Autre.

Ie crains & souhaite la veuë,
D'un objet fort aimable & fort proche
  d'icy,
Alors que je le voy mon ame en est
  émuë,
Ie ne le quitte point sans peine & sans
  soucy :

Il eſt jeune & bien fait autant qu'on le
   peut eſtre,
     Il a l'eſprit aimable & doux ;
Mais je vous en dis trop & vous allez
   connoiſtre,
     Que ce ne peut eſtre que vous.

MADRIGAL.

Vous demandez ſouvent ſi mon
    cœur aime bien,
S'il a de la tendreſſe ou s'il eſt inſenſible ;
Helas ! ſi vous m'aimez , il ſeroit impoſ-
ſible ,
Que vos yeux dans les miens n'en recon-
nuſſent rien.

Autre.

Aimable Philis je vous aime ,
   Vos beaux yeux gagnent tous
   les cœurs ,
Et quoy que vous n'ayez pour moy que
   des rigueurs ,
    Mon amour eſt pourtant extrême.

STANCES.

Affreuse & chere solitude,
Où j'entretiens souvent mes desirs
amoureux,
Est-il quelque tourment plus facheux
& plus rude,
Que celuy que ressent ce cœur trop
mal-heureux?

Rochers dont le regard horrible,
Dans les cœurs les plus fiers inspirent
la terreur,
Helas ! pourquoy faut-il qu'un Berger
insensible,
Porte vos duretez dans le fond de son
cœur?

L'inconstant sçait feindre qu'il aime,
Il m'a juré cent fois qu'il vivoit sous ma
loy,

Mais il n'aima jamais, & ſon addreſſe
extréme,
Sçait donner de l'amour ſans en prendre pour ſoy.

❧

Eco c'eſt là toute ma peine,
Son incôſtance ſeule a cauſé mon ſoucy,
Ie voudrois comme luy pouvoir brizer
ma chaine,
Mais l'amour ne veut pas me le per-
mettre ainſi.

❧

C'eſt là ce qui fait mon martyre,
Ie vous ay confié mon amoureux ſecret;
Mais ſi je dois rougir pour l'avoir oſé
dire,
Agiſſez-en du moins en confident diſ-
cret,
Et ne me faites pas cette cruelle injure,
De dire à Philidas le tourment que j'en-
dure.

❧

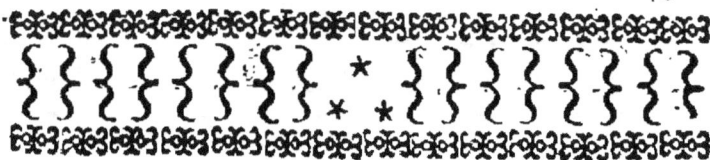

MADRIGAL.

IE viens de voir Lizis, & mon cœur
 en soûpire,
Sont esprit a pour moy des charmes si
 puissans.......
Mais en parlant ainsi de ce que je ressens,
Ma plume, gardez d'en trop dire.

Autre.

IE sens je ne sçay quoy de tendre,
Qui vient saisir mon cœur quand tu me
fais la cour,
I'ay des troubles secrets que je ne puis
 comprendre;
Mais! Lizis, je crains bien qu'ils ne nais-
sent d'Amour.

EPIGRAMME.

Aimable & flateuſe penſée,
Qui charmez ma triſteſſe avec tant de
douceur,
    Venez amuſer la douleur,
Que l'abſence fait naiſtre en mon amé
bleſſée :
Doux eſpoirs de revoir mon aimable
Tircis,
    Banniſſez les cruels ſoucis,
Que ſon éloignement fait ſentir à mon
ame ;
Ou plûtoſt attendant ſon bien-heureux
retour,
    Venez entretenir ma flâme,
    Et flater mon amour.

Autre.

DEpuis long-temps mon cœur
soûpire,
L'adorable Filinte a caulé mes déſirs,
Pour luy faire ſçavoir quels ſont mes
déplaiſirs,
Soûpirs hâtez-vous de luy dire :
Mépriſez les conſeils de la timidité ;
Allez viſte trouver le Berger qui m'en-
flâme,
Helas ! lors que l'amour me force à
rendre l'ame,
Vous pouvez quand je meurs dire la
verité.

§§§§§§§§§§ .*. §§§§§§§§§

STANCES.

Qvelque feinte rigueur que je fasse
    paroiſtre,
Ie ſens bien que mon cœur ne peut eſtre
    le maiſtre
Des cruels déplaiſirs que je ſouffre en ce
    jour,
    Cette paſſion inſenſée,
    Qui regne dans noſtre penſée,
    Et que nous appellons Amour,
Ce maiſtre de nos cœurs, ce tyran de
    nos ames,
    Malgré toute noſtre pudeur,
Ne ſçauroit fort long-temps cacher tou-
    tes ſes flâmes,
    Quand il a triomphé d'un cœur.

Ie commance à ſentir qu'où l'amour eſt
    extréme,
On ne peut aiſément déguiſer que l'on
    aime;
En vain l'on croit toûjours pouvoir diſ-
    ſimuler:

Sans y penſer un cœur ſoûpire,
Ou rougit en voyant l'objet de ſon mar-
tyre, [ſceler,
De peur de découvrir ce que l'on veut
Mais ſi quelques momens nos bouches
ſont muëttes,
L'amour qui brille dans nos yeux,
Choiſit dans leurs regards de ſecets in-
terprettes,
Et qui perſuadent bien mieux.

❧❧❧

C'eſt l'eſtat où je ſuis inceſſamment re-
duite,
Ie fais tout mon pouvoir pour forcer ma
conduite,
A cacher le déſordre où mon cœur eſt
reduit :
Amour garde mal le ſilence,
Et quand on ſçait aimer avéque vio-
lence,
Vn ſoûpir fait aſſez de bruit.
Lizandre aſſeurément a connu ma foi-
bleſſe, [qu'icy,
Malgré tous les effors que j'ay faits juſ-
Il a veu dans mes yeux mon extréme ten-
dreſſe,
Et que luy ſeul fait mon ſoucy.

MADRIGAL.

§ * §

VOus de qui l'inconstante hu-
meur
Me trahit en faveur d'une autre,
D'où vient cét excés de rigueur ?
Et puis que vous avez mon cœur,
Pourquoy reprenez-vous le vôtre?

Autre.

§ * §

TV viens d'accuser ta Bergere,
De paroistre souvent inconstante & le-
gere ;
Mais je ne pense pas qu'on l'en doive
blâmer :   [ce extréme,
Tout le monde connoist ton inconstan-
Mille objets en tous lieux te sçavent en-
flâmer.
Et si son cœur te veut aimer,
Il doit estre un second toy-mesme.

Pour Madame la Marquise de ✶✶✶✶✶

Quand je vous vis hier, Beauté plei-
    ne de charmes,
Avec tant d'agrément étaller à mes yeux,
Tout ce que l'on peut voir de plus beau
    sous les Cieux,
Ie veux bien l'advoüer, je vous rendis les
    armes ;
Ma raison aussi-tost m'apprit que sans
    erreur,
Ie pouvois vous ceder l'empire de mon
    cœur ,
Et chercher avec soin le bon-heur de
    vous plaire ;
Peut-estre ce dessein a trop de vanité,
Mais quand j'esprouverois un destin tout
    contraire ,
Vos yeux justifieroient cette temerité.

LETTRE.

Ie ne puis avoir aujourd'huy,
L'avantage de voir un objet que j'adore,
Malgré tous tes ſouhaits, & malgré mon
　　ennuy,
Iuſqu'à demain, Lizis, il faut attendre
　　encore :
　　　　Dans les petits retardemens,
　　　　On ſouffre d'extrémes tourmens,
　　　　Quand on aime avec violence ;
Mais tu peux bien juger pour combler
　　tes ſouhaits,
　　　Que quand je ſors de ta preſence,
　　　Mon cœur ne te quitte jamais.

SONNET.

SONNET.

§ * §

DElicieux repos dont mon ame eſt
    charmée,
Accordez vos douceurs à celles de l'A-
    mour ;
Et ſans m'abandonner, permettez en ce
    jour,
Que je puiſſe joüir du bon-heur d'eſtre
    aimée.

Alcipe me fait voir une eſtime enflâmée,
Ses yeux & ſes ſoûpirs m'en parlent tour
    à tour ;
Mais quoy qu'aſſidument il me faſſe ſa
    cour,
Ie veux oſter l'eſpoir à ſon ame allarmée.

E

✻✻✻

J'ay peine toutefois à le deſeſperer,
Et prens tant de plaiſir à le voir ſoû-
　pirer,
Que je crains de l'amour les flateuſes
　amorces.

✻✻✻

Ie ne ſçay quoy pour luy veut attendrir
　mon cœur ;
Mais j'entens ma raiſon interdite & ſans
　forces,
Qui dit en expirant, Alcipe eſt mon
　vainqueur.

✻✻✻

MADRIGAL.

§ * §

LA jeune Iris un jour rencontrant
   Iſabelle,
Luy dit avec un air qui marquoit ſon
   courroux,
     Vous aimez donc mon Infidelle,
Et recevez les vœux de mon volage
   Epoux ?
Helas ! luy répondit auſſi-toſt cette
   Belle,
Blâmez-vous des tranſports qui naiſſent
   malgré nous,
     Pouvois-je eſtre fiere & cruelle,
Puis que j'avois un cœur & des yeux
   comme vous ?

A PHILIDAS.

§ * §

IE vivois en repos avant voftre entretien,

Mon cœur eftoit content & ne demandoit rien ;

Il eftoit fans chagrin, fans trouble, &
fans allarmes,

Dans ma tranquilité je trouvois mille
charmes ;

T'ignorois l'art de plaindre une vive douleur,

Perfonne jufque icy n'avoit touché mon
cœur :

Quoy que de mille Amans je fuffe pour-
fuivie,

Aucun n'avoit troublé le repos de ma vie,

Ie ne redoutois point tous les traits de
l'Amour ;

Mais vous ne m'aviez pas entretenuë
un jour.

I'ignorois, Philidas, qu'un Amant fait
  pour plaire ,
Peut trouver quant il veut les moyens
  de le faire :
Et que dans la douceur d'un aimable
  entretien ,
On panche avec plaifir à luy vouloir du
  bien.
L'Amour cache fouvent fous quelqu'au-
  tre apparence ,
Se mafque bien fouvent du nom de
  complaifance ;
Et la civilité forçant à l'écouter ,
On eftime un Amant qui vient nous
  protefter ;   [me,
Vn cœur perfuadé de fon amour extré-
Se croit reconnoiffant quoy que fou-
  vent il aime :
On entent avec joye échaper fes foûpirs,
Vn tumulte fecret répond à fes defirs.
C'eft par là que l'Amour eftablit fon
  empire ;
C'eft par là qu'un Amant nous plaît
  quad il foûpire :   [voir,
Et c'eft par ce moyen fans s'en apperce-
Que l'on prend de l'amour fans qu'on
  croye en avoir.

Voila fous quel appas mó ame s'eft réduë,

Voila ce que je fens depuis noftre en-
treveuë;

Sans ceffe Philidas fe preféte à mes yeux,

Ie croy le voir par tout ou l'entendre
en tous lieux.

Mais Dieu cruel! Amour, quel eft ton
injuftice ?

Pourquoy livrer mon cœur à cét affreux
fupplice ?

A peine Philidas a t'il touché mon cœur,

Que le fien eft pour moy tout remply
de froideur.

Injufte Philidas, pour eftre trop fincere,

N'ay-je plus les appas qui vous avoient
fçeu plaire ?

Pourquoy m'affeutiez-vous de vivre fous
ma loy ?

Pourquoy me juriez-vous que vous
brûliez pour moy ?

Vos fermens me caufoient un aimable
murmure ;

Ie croyois voftre ardeur, franche, fincere & pure.

Cependant, infenfible & cruel Philidas ;

Vous ne fçaviez que trop que vous ne
m'aimiez pas.

J'avois ſçeu de l'Amour juſqu'icy me
  deffendre ;
Falloit-il attaquer un cœur ſenſible &
  tendre ?
Ou ſi vous attaquiez mon eſprit cõbattu,
Ne pouviez-vous m'aimer avecque ma
  vertu ?
Quoy faut-il pour trouver en vous un
  cœur fidelle,
recompenſer vos feux d'une ardeur cri-
  minelle ?   [cemment ?
ne ſçauriez-vous jamais aimer inno-
Et voulez-vous garder ce honteux ſentiment ?   [pable ?
D'un ſi honteux deſtin peut-on eſtre ca-
Quels charmes trouvez-vous dans le
  nom de coupable ?
Tachez en ma faveur d'étoufer ces deſirs,
Ou trouvez dans l'Amour mille inno-
  cens plaiſirs :
Ou ſi vous ne pouvez côtéter mon envie,
Rendez moy, Philidas, le bon-heur de ma
  vie,
Vous ſeul pouvez cauſer ma joye ou ma
  douleur,
Rendez-moy mon repos, ou rendez-moy
  mon cœur.

STANCES.

§ * §.

HOnneur que me demãdes-tu ?
Es-tu content de ma vertu ?
Elle vient de te faire un ample sacrifice :
　L'Amour m'avoit fait un beau choix ;
　Mais je commets une injustice,
　Pour suivre tes barbares loix.

Fier devoir dont l'orgueil extréme,
　Ne sçauroit consentir qu'on aime ;
Te faut-il écouter pour être malheureux ?
　Dieux cruels, Dieux impitoyables,
　Pourquoy rendre un cœur amou-
　　reux,
　Si ses desirs sont condemnables ?

Non vous en jugez autrement ;
　Vous n'avez pas ce sentiment ;
Mais du bien des mortels, par une in-
　juste envie,
　Vos rigueurs vous rendent jaloux :
　Tous les maux sont pour nôtre vie,
　Et tous les plaisirs sont pour vous.

MADRIGAL.

MADRIGAL.

§ * §

POurquoy faut-il, Tircis, que tu me
fois fufpect,
Ou que ton rigoureux refpect,
Ne fafle à ma pudeur aucune violence ?
Ha ! fi tu fentois bien ce que c'eft que
l'Amour,   [ftance,
Et que ton cœur m'aimaft avec con-
Que nous ferions heureux avant la fin
du jour !

Autre.

§ * §

ET bien, mon cher Tircis, eftes vous
fatisfait,
De l'adveu que je vous ay fait ?
Doutez-vous que mon cœur ne foit fous
veftre empire ?
Le croyrez-vous enfin, affez paffionné ;
Et fon dernier tranfport ne doit-il pas
fuffire,
Pour vous faire fçavoir que je vous l'ay
donné ?

G

Sur un Portrait de Mademoiselle
*de M.****

MADRIGAL.

Portrait dont l'agreable veuë,
Donne à mon triste cœur mille plaisirs
divers,
　　Par qui ma douleur diminuë;
　　Croy l'adveu que te font ces vers:
　　Rien n'est si beau que ton visage,
Rien ne peut égaler tes attraits mer-
veilleux:
Mais aussi quand mon cœur te rend un
tendre hommage,
　　Il peut dire que sous les Cieux,
　　Rien ne peut aimer d'avantage.

Autre.

§ * §

L'Autre jour la Bergere Iris,
En caufant avec Cloris,
Luy dit, Gardez-vous bien d'écouter
trop Alcandre,
On ne peut fans peril l'étretenir un jour;
Son cœur eft inconftant, & s'il peut
vous furprendre,   [fon tour.
Sans doute que demain un autre aura
Ha ! répondit Cloris, d'un air timide &
tendre,   [mour,
S'il faut fuir ce Berger pour éviter l'A-
Il eft trop tard pour m'en deffendre.

Autre.

§ * §

INfenfible Berger qu'on ne peut en-
gager,
Et de qui l'efprit trop leger,
Veut fans ceffe courir au change,
Suivez une plus jufte loy,
Et craignez qu'Amour ne fe vange,
Si vous ofez manquer de foy.

SONNET.

I'Ay rendu visite à l'Amour,
Pour sçavoir s'il est vray qu'Alcan-
  dre,
Ait pour moy cette amitié tendre,
Qu'il me vint jurer l'autre jour.

Les Graces ses Filles d'Atour,
L'ont fort pressé de me l'apprendre;
Et ce Dieu sans me faire attendre,
M'a dit ces deux mots à son tour.

Alcandre t'asseure qu'il t'aime,
Que sa passion est extréme ;
Mais garde bien de l'écouter.

Prens ce qu'il dit pour flaterie,
Et quoy qu'il t'ose protester,
Croy que c'est par galanterie.

Response à un Billet.

Autre.

§ * §

VOstre cœur est un cœur de cire,
Qui reçoit cent impressions ;
De ces sortes d'affections,
Les nostres ne doivent que rire.

Ce n'est pas que je veüille dire,
Qu'il soit exempt des passions ;
Mais ces amours sont fictions,
Dont on peut justement médire.

Iugez lors qu'on sçait vostre humeur,
Si quand vous attaquez un cœur,
On doit aisément vous le rendre.

Ie sçay que vous estes bien fait ;
Mais enfin, vostre ame trop tendre,
Vous rend un inconstant parfait.

G iij

Reſponſe à un Billet doux.

A l'inſenſible Alcandre,
Qui feint quand il luy plait d'avoir l'ame
trop tendre.

LETTRE.

VOus raillez encor de l'Amour &
de moy,
Et dites hautement que voſtre ardeur
extréme,
N'a pour ſeul objet que moy-même,
Et que vous vivez ſous ma loy.

Ie ne ſçay d'où vous vient ce ſentiment
étrange,
Ny pourquoy vous jurez que vous ſentez mes coups ;
Mais craignez qu'Amour ne ſe vange,
En vous faiſant m'aimer quelque jour
malgré vous.

Encor que je fois fans merite,
Ce Dieu quant il luy plait punit feve-
rement ;
　　Et quoy que voftre cœur l'évite,
Il vous peut faire part de fon aveugle-
ment.

Vous m'oftez voftre cœur fans craindre
　la puiffance,
De ce Dieu qu'en tous lieux vous trai-
tez de marmot ;
　　Mais malgré voftre indifference,
Craignez qu'Amour & moy ne vous
　prenions au mot.

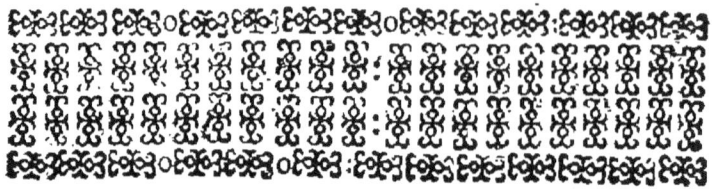

Reſponſe à un Billet qu'on m'avoit envoyé par un Chien, nommé Gallant.

A ! Gallant, cét aimable Chien,
Qui fait un meſſage ſi bien.

SONNET.

PEtit Chien meſſager fidelle ;
Chien d'honneur, Chien ſage &
diſcret,
Confident d'un petit ſecret,
Qui n'eſt pourtant que bagatelle.

Par une avanture nouvelle,
Ie connois aveque regret,
Que ton maiſtre croit en effet,
Qu'on fit ma teſte ſans cervelle.

Dis luy, mon aimable Gallant,
Que jamais un feu violent,
N'a mis un cœur sous mon empire.

❊❊❊

Que je me connois sans appas,
Et que me protestant pour rire,
Ces vers ne me facheront pas.

MADRIGAL.

ENtre l'Amour & l'Amitié,
Mon cœur ne sçait à qui donner la pre-
ference ;
Mais je crains bien, Lizis, qu'un excés
de pitié,
Du costé de l'Amour n'emporte la ba-
lance.

Sur la mort de Monfieur de Morville.

ELEGIE.

QVoy donc tu ne vis plus, cher Epoux
    que j'adore ?
Non non tu n'es point mort puis que je
    vis encore :
Ton cœur vit en moy-mefme , & le
    mien affligé ,
Te va fuivre auffi-toft que je t'auray
    vengé.
Iufqu'à ce temps fatal fouffre aumoins
    que ton ame ,
Reprenne des chaleurs à celles de ma
    fiâme :
Auffi bien du deftin la jaloufe fureur,
Ne t'a point fait mourir dans le fond
    de mon cœur.
Tu vivras en luy feul , puis qu'il vit &
    refpire ;
C'eft pour toy qu'il languit, c'eft pour
    toy qu'il foûpire :

Et tu dois craindre peu dedans ce triſte
  jour.

Que la mort dans mon cœur triomphe
  de l'Amour.

Malgré tous les malheurs de mon deſtin
  barbare ,

Nous rejoindrons nos cœurs quand la
  mort les ſepare ;

Ou plûtoſt en dépit de la rigueur du ſort,

Nous ſerons pour jamais aſſemblez par
  la mort.

Ainſi de mes tyrans l'exacte vigilance,

Ne nous troublera plus dans noſtre in-
  telligence :

Ainſi tes ennemis & tous tes envieux ,

Ne ſeront plus pour nous des objets
  ennuyeux :

Nous verrons ſans chagrin leur trouble
  & leurs allarmes ,

Tu verras mille Amans qui m'offriront
  des larmes ;

Mais de leurs déplaiſirs ſans en eſtre
  allarmé ,

Tu pourras triompher eſtant tout ſeul
  aimé.   [rejoindre,

Chere Ombre, attens encore & je vais te

L'excés de ma douleur n'en deviendra
  pas moindre :

Si tu peux confentir pour finir mes tra-
vaux,

Que je faffe perir l'autheur de tous nos
maux.

Mais tu ne m'entens plus, cher Objet de
ma flâme,

La mort victorieufe emporte ta belle
ame :

Et dans ce beau larcin qu'elle fait à l'A-
mour,

Elle ne me veut pas accorder un feul
jour.

Et bien il faut foufcrire à cét Arreft funefte,

Reçois donc mes foûpirs, c'eft là ce qui
me refte.

Mais la mort d'un Epoux qui caufe mes
douleurs,

Demande beaucoup plus qu'un foûpir
& des pleurs :

Des communs déplaifirs, c'eft là tout le
remede,

Et quand on veut finir le mal qui nous
poffede,

Aprés avoir pouffé des regrets fuperflus,

On oublie un tourment qu'on ne fent
prefque plus.

Pour moy je ne sens pas des douleurs
    si legeres,
Ie ne puis exprimer l'excés de mes mi-
    seres.
Rien ne peut les finir, & mon cruel tour-
    ment,
N'attend que de la mort quelque sou-
    lagement.
Viens donc finir le mal dont la rigueur
    m'accable :
Cruelle mort, quoy donc tu m'es iné-
    xorable ?
S'il ne faut m'outrager, n'as-tu point de
    rigueur ?
Dédaigne-tu ma vie, en me perçant le
    cœur ?
Va, va, malgré l'horreur de ta rigueur
    extréme,
Ie puis sans ton adveu me servir de toy-
    mesme ;
Pour joindre ce que j'aime & terminer
    mes jours,
Mon bras de mes malheurs arrestera le
    cours.

STANCES.

Estin dont la rigueur à mon bon-
heur contraire,

M'éloignoit d'un objet qui seul pouvoit
me plaire,

Tu permets donc enfin que j'aille voir
Tircis ?

Aprés tant de soûpirs & d'inutiles larmes,

Ie reverray bien-tost cét objet plein de
charmes,

De qui l'éloignement causoit tous mes
soucis.

Fortune, quel bon-hour accompagne
ma flâme,

Dieux ! quels ravissemens va ressentir
mon ame,

Quand je verray Tircis fidelle à mon
amour !

Helas ! il est si doux de revoir ce qu'on
aime,

Que mon cœur étonné dans ſon plaiſir
   extrème,

Craint qu'un juſte tranſport ne le prive
   du jour.

❊

Dépuis long-temps le ſort contraire à
   mon envie,

M'a ravy les plaiſirs les plus doux de la
   vie,

En me faiſant quitter l'objet de mon
   deſir;

Mais ſi dans ma douleur ma conſtance
   abbatuë,

Par un reſte d'eſpoir, s'eſt un peu ſoû-
   tenuë,

Ie crains qu'elle ne cede à l'excés du
   plaiſir.

❊

Oüy mon cœur enflâmé craint avecque
   juſtice,

De ſervir à Lizis d'un entier ſacrifice,

En expirant de joye à cét heureux retour;

Mais s'il ſe voit contraint d'abandonner
   la vie,

Il ne s'oppoſe pas à cette juſte envie,

Puis que rien n'eſt ſi doux que de mourir
   d'Amour.

STANCES.

§ * §

Agreable hoftes des airs,
Plaignez-vous mes malheurs dans vos
  triftes concerts ?
Sçavez-vous de mes feux la bizarre
  avanture ?
Où fe trouveroit-il quelque oyfeau par-
  my vous,
Dont le cœur inconftant fût de mefme
  nature,
Que celuy du Berger dont je reffens les
  coups?

Malgré voftre legereté
Vous ne fçauriez avoir tant d'infidelité,
Vous eftes plus conftans que l'infidelle
  Alcandre :
Et fi dans vos chanfons il eft quelque
  langueur,

Cette

Cette langueur n'a rien que de doux &
de tendre,
Et l'Amour s'eſt pour vous déſarmé de
rigueur.

❋

Oüy vous aimez ſans déplaiſirs,
L'Amour tout auſſi-toſt exauce vos de-
ſirs ;
Vos cœurs ne ſont jamais frappez de
jalouſie ;
Vous vous aimez toûjours juſqu'au der-
nier moment ;
Pourquoy pour aſſeurer le repos de
ma vie,
Alcandre n'aime-t'il auſſi fideſlement ?

MADRIGAL.

IE ne connois que trop que ma tendreſſe extréme,
Me fait à vos tranſports un peu trop
confier :
Mais je ſçay bien auſſi, cher Lizis, quand
on aime,
Que l'excés de l'amour le peut juſtifier.

H

Sur la mort de Mademoiſelle ***

EPIGRAMME.

Vranie a perdu le jour,
Et ce brillant Soleil a finy ſa carriere :
Mais ſi la mort a pû luy ravir la lumiere,
Elle n'éteindra point dás ce funeſte jour,
Cette amitié fidelle,
Que j'eus toûjours pour Elle.

Pour M ***

MADRIGAL.

REjoüy-toy, mon cœur, de ton bon-
heur extréme,
Et vous mes triſtes yeux, ne verſez plus
de pleurs, [me,
Mon aimable .... aſſeure qu'elle m'ai-
Et qu'elle reviendra pour finir mes dou-
leurs.
Déja cette douce eſperance,
Me fait oublier mes malheurs,
Et Flore attendant ſa preſence,
Fait revivre les fleurs.

EPIGRAMME.

INutiles deſirs qui tourmentez mon
   ame,
Amarante ne veut jamais vous conten-
   ter :
Ne paroiſſez donc plus & ceſſez de
   tenter
Vn remede à preſent inutile à ma flâme.
     Quand un cœur eſt preſt de perir,
     C'eſt foiblement le ſecourir,
Que vouloit attendrir une ame ſi rebelle;
En vain vous eſperez avoir ſon amitié,
Elle eſt ingratte & vaine, & quoy qu'el-
   le ſoit belle,
Son ame eſt ſans tendreſſe, & ſon cœur
   ſans pitié.

A Monfieur des P***

MADRIGAL.

SI le fort vous promet d'adoucir fes
   rigueurs ,
    Et de foulager vos langueurs ,
En vous donnant, Tircis, quelque douce avanture ,
    Vous ferez fatisfait un jour ;
Mais pour moy mes malheurs font de
  telles nature ,
Que je voy contre moy la Fortune &
  l'Amour.

A Madame la D***

EPIGRAMME.

IE voulois ce matin vous faire une
   Epigramme,
Qui pût de mon reſpect vous faire voir
   l'ardeur ;
Mais j'ay bien plus de peine à contenter
   voſtre ame,
Lors qu'il vous faut des vers, que quand
   il faut mon cœur.

Pour Madame la Ducheſſe de C***

Autre.

C'En eſt fait, & mon cœur ne peut
   ſe garantir,
De ceder aux attraits dont vous eſtes
   pourveuë ;
Par vos beaux yeux enfin, ma franchiſe
   eſt vaincuë,
Elle expire à vos pieds, & je dois con-
   ſentir,   [avoir veuë,
Quand je perdrois le jour aprés vous
      Ie ne pourrois m'en repentir.

STANCES.

VN jour ayât surpris mes yeux,
Attachez sur ceux de Philéne;
Ie leur dis, Helas! malheureux,
Vous augmentez ma peine;
Ce Berger aimable & charmant,
Qui cause tout vostre tourment,
Et dont vous cherissez la veuë,
Porte dans les yeux un poison,
Dont le seul regard tuë,
Et qui seduit d'abord le cœur & la raison.

Fuyez ce Berger inconstant,
Méprisez ce qu'un autre engage,
Ne le posseder qu'un instant,
C'est un assez foible avantage:
Chassez cét inconstant vainqueur,
De vostre veuë & de mon cœur.
Mais quoy, vous répâdez des larmes
Alors qu'il faudroit vous guerir!
Mourez donc en voyât ses charmes,
Puis qu'en vain ma raison cherche à
vous secourir.

Pour Madame de Virieux.

MADRIGAL.

ON m'avoit dit cent fois, quand je
vins dans ces lieux,
Que j'y rencontrerois un Chef d'œuvre
des Cieux,
Vne beauté parfaite, autant comme
adorable ;
Et tout ce qu'on m'a dit de cét objet
aimable,
Ie le connois en vous, Belle de Virieux.

Lettre à Tircis.

§ * §

NE m'aimez plus Tircis, ou cachez
   voftre amour,
Accordez cette grace à mon inquiétude;
Vous m'avez fait réver tout le refte du
   jour,
Et je crains de fentir une peine plus
   rude,
Pour peu que vous juriez que vous eftes
   charmé,
Vous ferez en danger d'eftre un peu
   trop aimé :
Sauvez-moy des combats que je rens en
   en moy-mefme,
Par pitié laiffez-moy garder ma liberté;
Ie ne veux rien aimer, ufez-en tout de
   mefme,
Et laiffez-moy mon cœur dans fa tran-
   quilité.

EPIGRAMME.

EPIGRAMME.

ENfin, je connois bien qu'il faut quit-
ter la vie,
L'excés de ma douleur ne ſe peut plus
ſouffrir :
Le deſtin me contraint d'abandonner
Silvie,
Et c'eſt plus qu'il n'en faut pour me faire
mourir.

I

MADRIGAL.

§ * §

IE sçavois que Tircis estoit fort agre-
able,
Qu'il meritoit d'estre estimé,
Mais quoy qu'il me parût un Amant fort
aimable,
Ie ne le croyois pas aimé.
Cependant le chagrin que son départ
m'inspire,
Dit qu'on aime l'objet pour qui le cœur
soûpire.

Autre.

IRis je ne veux pas songer à vous di-
straire,
Si vous sçavez à quoy vous occuper le
jour ;
Mais si vous n'avez rien à faire,
Il vaut autant donner vostre temps à
l'Amour.

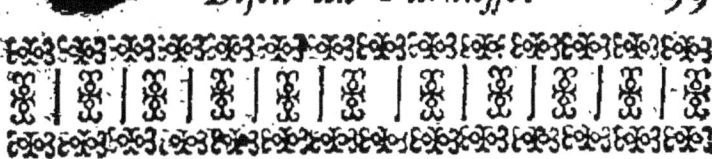

Lettre à Philidas

§ * §

PViſque vous voulez de ma proſe,
Il faut, Tircis, vous-en-donner,
Elle ne vous ſçauroit apprédre qu'une
choſe,
Que vous auriez deu déviner.

Iuſques icy tous nos entretiens,
& particulierement le dernier, a
deu vous faire connoiſtre mes pen-
ſées ; & vous n'ignorez pas que
j'aurois receu les marques que
vous m'avez données de voſtre
paſſion, aveque plus de colere, ſi
par un doux penchant dont je ne
ſuis pas la maiſtreſſe ſans peine, je
ne me ſentois quelque diſpoſition à

I ij

répondre à voſtre tendreſſe, pour peu que vous veüilliez vous accorder à ce que je deſire.

Tout ce qu'Amour inſpire de plus tédre,
Ie me ſens diſpoſée à le ſentir pour vous:
    Mais ſi vous oſiez trop pretendre,
    Vous attireriez mon courroux.
    Si vous voulez que je vous aime,
    Ie veux vous preſcrire des loix,
    Ie les pratiqueray moy-meſme,
Et nous vivrons ainſi plus contens que
   des Rois.

Mais il faut vous reſoudre à les ſuivre ſans en enfreindre aucune; & ſur tout, la principale doit eſtre la plus reſpectée, puiſque c'eſt par elle que je m'engage à vous aimer.

    I'ayme, mais avec innocence,
Vn amour criminel n'a rien pour moy
  de doux,

Si ce party vous plait j'auray de la conſtance,

Nous nous divertirons du dépit des
jaloux.

Pour tout autre que vous je n'auray
point d'eſtime,

Vous ſeul regnerez dans mon cœur:

Et ſi vous répondez à l'ardeur qui m'a-
nime,

Nous nous dirons ſouvent avec quelque
douceur,

Il n'eſt rien ſi charmant qu'une belle
tendreſſe,

Philidas aimons-nous ſans ceſſe.

*Il ne me reſte plus qu'à vous
donner des loix que je vous veux
faire ſuivre, ſi vous ne les trouvez pas à voſtre fantaiſie, accu-
ſez-en le Ciel qui me les a dictées,
& ne vous plaignez pas de moy,
vous voyez que je tâche fort à
rendre juſtice à ce que vous valez.*

Examinez-vous bien, consultez si vôtre
  âme ;
    Peut s'accorder à mes desirs,
On peut aussi gouter de solides plaisirs
    Brûlant d'une constante flâme.
    Laissons pour les foibles esprits,
Cét amour infidelle & digne de mépris;
Bannissons de nos cœurs ces trompeu-
  ses maximes,
    Aimons-nous sans engagemens ;
    Mais ne cómettons point de crimes,
Et conservons toûjours ces heureux
  noms d'Amans.

Tout cela veut dire que je vous
estime infiniment ; mais que vous
passez dans mon esprit pour le
plus inconstant du monde.

    Vous sçavez fort mal cóme on aime,
    Et je craindrois de m'engager,
    Sous les loix d'un esprit leger,
Qui fait gloire par tout d'une inconstance extréme.

Voila ce que je pense en voſtre faveur ; c'eſt à vous à juger ce que vous devez attendre de mes ſentimens , & quel nom vous leur voulez donner.

Pour moy je croy qu'on peut les nommer
en ce jour,
　　Des preludes d'Amour.

Contract Amoureux.

§ * §

PArdevant nous l'Amour constant,
Est comparu Seigneur Lelie,
Avec sa Maistresse Clelie,
Dont le cœur amoureux pretend,
Pour éviter une querelle,
Qui troubleroit les feux de cét Amant
& d'Elle,
Et causeroit un jour quelque division;
Qu'un contract fabriqué d'une façon
nouvelle,
Fasse de leurs desseins une decision.

Nous dont le cœur est enflâmé,
Soussignons & jurons envers l'objet
aimé,
De garder des ardeurs fortes, pures,
solides,
De ne changer jamais de feux,

De n'eſtre ny menteurs, ny fourbes, ny
  perfides :
    Et s'il faut que l'un de nous deux
Se broüille par hazard aveque ce qu'il
  aime,
Que ſans examiner le tort ou la raiſon,
L'Amant de la Maiſtreſſe implore le
  pardon,
Qu'il ait de ſa colere une douleur extréme,
    Que l'Amante de ſon coſté,
    Garde la derniere bonté,
Pourveu que cét Amant s'excuſe le jour
  meſme.

❋

    Que ſi cét Amant en courroux,
Devient capricieux, inégal, ou jaloux,
Nous pretendons qu'un cœur qui vit
  ſous noſtre Empire,
N'ait prés d'une Maiſtreſſe aucun dé-
  guiſement :
Et que ſi ſa colere a quelque fondement,
Teſte-à-teſte l'Amant aille auſſi-toſt
  tout dire,
    A celle qui fait ſon tourment.

❋

Nous pretendons encor qu'auprés de
　ſa Maiſtreſſe,

Cét Amant n'ait jamais ny ſecret ny
　détour,

Qu'il luy confiera tout pour marquer ſa
　tendreſſe,

Et ſçaura qu'il n'eſt point deſecrets pour
　l'Amour.

Que nous voulons toûjours tout lire
dans une ame,　　　　　　　[yeux,
　　Quoy qu'on nous dépeigne ſans
　　Et que pour bien prouver ſa flâme,
　　A celle qu'on aime le mieux,
Malgré ce qu'en ont dit des teſtes peu
　ſenſées,

L'Amant doit confeſſer ſes amitiez paſ-
　ſées.

　　L'Amante pour reconnoiſſance,
　　De cette extréme complaiſance,
　　Promet à ſon fidelle Amant,
　　Pourveu que le temps ſoit cõmode,
　　De luy donner journellement,
Cent ſoûpirs, cent regards, accordez
tendrement, &c.
Fuyant l'importune metode,

De remettre à quelqu'autre jour,
   Amoins que pour raiſons feⱦiles,
Il faille reſpecter quelques jours de vi-
giles,
Que la Lune a marqués dans l'Almanach
d'Amour.

MADRIGAL.

§ * §

TV romps aveque moy ſans peine,
   Et ton ame inconſtante & vaine
Croit que mon cœur peut-eſtre en eſt
fort mécontent :
Mais déſabuſe-toy ſi la choſe eſt poſſible,
   Quand on ne pert qu'un incõſtant,
   La douleur n'eſt pas trop ſenſible.

Autre.

POurquoy me cacher vôtre flâme?
Craignez-vous que mon cœur mépriſe
   vôtre amour ?   [ame. . . .
Ha ! ſi vous connoiſſiez le ſecret de mon
   Mais je veux me taire à mon tour.

A Mademoiselle la Pic* * *

IE pense incessamment à l'aimable
  Marquise,
Ie soûpire pour elle & la nuit & le jour,
Ie ne sçay d'où me vient cette douce sur-
  prise ;
Mais cette inquiétude a de l'air de l'A-
  mour.
Quand je vis cét objet plein d'esprit &
  de charmes,
Sous l'habit de Venus attaquer tous les
  cœurs,
Ie sentis que le mien alloit rendre les
  armes,
Et qu'il vouloit ceder à ces beaux yeux
  vainqueurs.

ACROSTICHE.

D 'Vn air tout engageant & tendre,
V Ne Beauté si rare attaqua ma fierté,
P Ouvois-je aisément me deffendre,
A Mour estoit de son côté,   [se rédre,
R Ien ne peut s'épescher d'aimer & de
Q Vand on voit d'un party l'Amour &
  la Beauté.

MADRIGAL.

§ * §

QVand on m'apprit qū'Amour eſtoit
    fort redoutable,
Ie diſois que mon cœur ne l'apprehen-
    doit pas;
    Mais il n'eſtoit pas indomptable,
    Et Tircis avoit des appas.

SONNÉT.

QVand vous m'euſtes juré que voſtre
　　ame à la geſne,
Vouloit ſuivre par tout mes ordres &
　　mes loix,
Ie veux bien l'advoüer, j'entendis une
　　voix,
Qui diſoit à mon cœur, va ſoulager ſa
　　peine.

Ie ne ſoubçonnay point l'émotion ſou-
　　daine,
Que ce premier diſcours me cauſa cette
　　fois;
Ie crus que la pitié vous voyant aux
　　abois,
Avoit voulu tenter quelque entrepriſe
　　vaine.

Mais, helas! je connois à preſent mon
　　erreur, 　　　　　　　　　　[cœur,
Et je ſçay que la voix qui parloit à mon
Eſt une Deïté, fiére, aveugle, & cruelle.

❧❧❧

En un mot c'eſt l'Amour qui me parlóit
  pour vous ,
Et qui pour me punir d'avoir eſté rebelle,
M'expoſe à tous les traits de ſon juſte
  courrous.

※※※※※※※※※※

LETTRE.

§ * §

VOus m'aſſeurez , Tircis , que vous
  ſentez pour moy,
Ce qu'un amour extréme inſpire de plus
  tendre,
Si je vous en croyois je pourrois me méprendre,
Et vous m'accuſeriez de trop de bonne
  foy.

❧❧❧

J'apprehende pourtant de vous faire injuſtice ,
Si je m'obſtine encore à douter de vos
  feux,   [ſupplice,
Et voudrois vous pouvoir épargner le
Qu'un pareil doûte cauſe aux eſprits
  amoureux.

❀❀❀

Mais le temps ſeulement peut me faire
　connoiſtre,
Si vous m'avez dit vray dans tout voſtre
　entretien,
Et ſi l'Amour par moy s'eſt rendu voſtre
　maiſtre,
Peut-eſtre que par vous il déviendra le
　mien.

❀❀❀❀❀❀❀❀❀❀❀❀❀

Autre.

§ * §

TV m'as dit mille fois qu'un doux
　ſaiſiſſement,
　　Te forçoit d'eſtre mon Amant,
Et que ton cœur m'aimoit comme il faut
　que l'on aime ;
　　Ie t'en veux croire ſur ta foy,
Mille objets en tous lieux te plaiſent
　plus que moy,
Et je te veux aimer pour en uſer de
　meſme.

❀❀❀

A

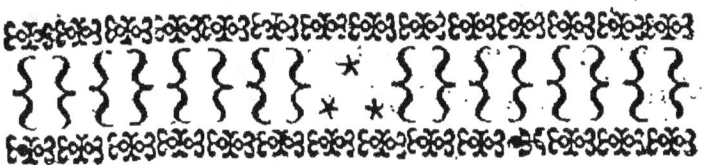

A Mademoiselle * * *
le jour de sa Feste.

MADRIGAL.

Dans tous les Parterres de Flore,
l'ay fait chercher de tous côtez,
Quelques fleurs qui vinsent d'éclorre,
Pour rendre hommage à vos Beautez :
    Cependant ces lieux infertiles,
    Ont rendu mes soins inutiles ;
    Iugez si j'en suis en courroux.
Mais pour punir mon sort de sa rigueur
  cruelle,
Permettez que mon cœur en se donnant
  à vous,
Tienne lieu d'un Bouquet à l'aimable
  Isabelle.

K

Sur un Cachet où l'on avoit fait
graver un Cœur Enflâmé.

MADRIGAL.

§ * §

REcevez ce cœur sans courroux,
Il n'est enflâmé que pour vous,
Et fait voir à vos yeux le mien en mi-
gnature ;
Sur tout ne le traittez point mal,
Et songez pour pouvoir l'accepter sans
murmure,
Que comme vous avez déja l'original,
Vous en possederez jusques à la peinture.

Sur l'éxil de Monsieur * * *

SONNET.

IMpitoyable sort dôt la rigueur cruelle
M'éloigne d'un objet remply de mille
  appas ;   [te si Belle,
Souffre aumoins par pitié qu'une Aman-
Puisse dans mon exil accōpagner mes pas.

Quoy rien ne te fléchit, & la douleur
  mortelle,   [trépas,
Qui va faire sans doute avancer mon
Ne sçauroit adoucir cette fierté rebelle,
Qui fait qu'en mes malheurs tu ne m'é-
  xauces pas ?

Et bien, injuste sort, il faut te satisfaire,
Il faut cesser de voir une beauté si chere;
Mais je sçais un moyen pour braver ta
  rigueur.

Et puis que tu me force à quitter ma
  Silvie,
Comme elle a dés long-temps mon
  amour & mon cœur,
Ie m'en vais luy laisser & mon ame & ma
  vie.   K ij

MADRIGAL.

§ * §.

DAns tous les déplaisirs dont le
    destin t'accable,
Mon cœur, n'avois-tu pas d'assez cruels
    soucis ?
Falloit-il pour te rendre encor plus mi-
    serable,
        Aimer l'infidelle Tircis ?

Autre.

§ * §.

DEpuis long-temps, Daphnis & le
    fidelle Alcandre,
        Tâchent de vaincre ma froideur;
Mais pour en chasser un, j'ay l'ame un
    peu trop tendre ,
Et pour en garder deux, c'est trop peu
    de mon cœur.

Autre.

§ * §

DEpuis aſſez long-temps par une
injuſte loy,
Vn objet infidelle a ſurpris ma tendreſſe;
Mais je le veux haïr puis qu'il manque
de foy,
Et rougis d'avoir pû luy montrer ma
foibleſſe.
Quand il viendroit à moy répentant &
ſoûmis,
A deſſein de tenir tout ce qu'il m'a pro-
mis,
Ie verrois ſa douleur ſans avoir l'ame
émuë.
Mais que facilement on le propoſe ainſi,
Quand par un grand dépit la conſtance
eſt vaincuë:
Toy mon cœur qui promets de m'obeïr
icy,
Et de haïr celuy dont la froideur me tuë,
Pourras-tu t'y reſoudre? en ſçais-tu le
moyen?
De peur de t'abuſer, ne me répons de
rien.

Pour M. L. P. D.***

Stances irregulieres.

L E genereux Daphnis me rend sou-
vent visite ;
Et lors qu'il m'entretient de ses pressans
malheurs,
Et que la rigueur de Carite,
Le force à répandre des pleurs,
Mon cœur persuadé de son rare merite,
Partage aussi-tost ses douleurs.

Vn obstacle importun s'oppose à son
envie,
Et le destin contraire à mes plus doux
désirs,   [patie,
A mis dans nos malheurs si grande sym-
Que quand en l'écoutant je pousse des
soupirs,   [convie,
J'ignore quelquefois qui des deux m'y
La pitié de ses maux, ou bien mes dé-
plaisirs.

I'avois pour tout ſon ſexe une mortelle
　haine, 　　　　　　　[Amant,
Avant que de connoiſtre un ſi fidelle
Mais dépuis que j'ay ſçeu qu'il aime une
　inhumaine,
　　　Et qu'il l'adoroit conſtamment,
　　　La part que je prens à ſa peine,
　　　M'a fait changer de ſentiment.

　　　　　　☙☙☙

Ie ne ſçay quoy pour luy dans mon cœur
　s'intereſſe,
　　　Mais je ne puis voir en ce jour,
Qu'une beauté cruelle aprés tant de
　tendreſſe,
　　　Se puiſſe empeſcher à ſon tour,
De ſentir en ſecret cette douce foibleſſe,
　　　Que l'on appelle Amour.

　　　　　　☙☙☙

　　　Ie ne puis bannir de mon ame
　　　Les ſentimens que la pitié,
M'oblige d'accorder au malheur de ſa
　flâme,
Soit compaſſion pure, ou bien tendre
　amitié; 　　　　　　[blâme,
　　　Que l'on m'approuve ou qu'on me
Mon cœur de tous ſes maux partage la
　moitié.

SONNET.

IE ne ſçay pas, Liſis, pourquoy l'on fait
 un crime,
De cette tendre ardeur que je reſſens
 pour vous ?   [coups,
On me veut engager à mépriſer vos
Et je ne comprens point quelle eſt cette
 maxime.

Ce que je ſens pour vous eſt plus fort que
 l'eſtime,   [nous,
Et je dois advoüer franchement entre
Que pour vous ſecourir je trouverois
 bien doux,   [qui m'anime.
De répandre aujourd'huy tout le ſang

Mais il ne ſuffit pas pour vous prouver
 ma foy,   [pour moy,
De recevoir l'Amour que vous avez
Et de dire à mon tour, ma flâme eſt ſans
 ſeconde.

Ie cherche à contenter voſtre amour &
 vos ſens ;   [me rends,
Que ce ſoit crime ou non, cher Liſis, je
Puis qu'il eſt le plus doux & le plus beau
 du monde.   REGRETS.

REGRETS
D'IRIS,

*Sur la mort d'un Oyseau qu'elle
aimoit tendrement ; & ses entretiens sur cét accident avec
Belize Nimphe, & Lisis
Berger.*

RIS Bergere née sur
les rives de la Seine,
sortit de son Païs
aveque une troupe de Ber-
gers ; aprés qu'elle & toute sa
Compagnie eut visité quel-

ques contrées, en cherchant
un endroit agréable pour
s'établir tous enſemble, re-
ſolurent de s'arreſter ſur les
bords de la Loire, dans une
Iſle dont les beautez ne leur
purent permettre d'en ſortir.
Toute cette petite Troupe
eſtant abordée dans ce lieu
délicieux, ſongea dabord à
s'ajuſter des Cabannes com-
modes pour leur ſervir de
logement : mais Iris ſe re-
poſant ſur le ſoin de ſes Compagnes, n'en avoit point d'autre que celuy de donner toutes les choſes neceſſaires à un
petit Oyſeau qu'elle avoit éle-
vé. La beauté de cette petite

Beste rendoit la peine qu'elle prenoit pour luy fort excusable. Toutes ses Compagnes l'admiroient, sans en pouvoir trouver aucun qui l'égalast. Vn jour qu'Iris l'avoit caressé plus que les autres precedans, il luy prit envie, à la solicitation d'une de ses Compagnes, de joüer de son Lut, pour avoir le plaisir d'entendre ce petit Oyseau joindre sa voix au son de ses accords, ce qu'il ne manqua pas de faire à son ordinaire, avec une douceur inexprimable. Cette Compagne d'Iris charmée de cette petite musique, en fit le recit à Lisis,

un des Bergers qui les avoit
accompagnées dans cette Iſle,
& s'eſtoit eſtably avec Elles.
Il eut la curioſité d'entendre
ce petit concert, & ne manqua pas le ſoir d'aller à la Cabanne d'Iris, pour luy demander la meſme grace qu'elle
avoit faite à Natalie ; mais il
ne trouva perſonne pour le
ſatisfaire.

> *La porte en eſtoit toute ouverte,*
> *Et cette Cabanne déſerte,*
> *Ne laiſſoit découvrir aux yeux,*
> *Que le plus triſte objet qui fuſt deſſous les*
> *Cieux.*

Elle eſtoit gaſtée de ſang
en quelques endroits, ce qui
mit Liſis dans une peine ex-

tréme : Il ne pouvoit deviner
ce qu'Iris estoit dévenuë, il
fut la chercher à la prérie pro-
chaine, où toutes ses autres
Compagnes s'estoient ren-
düës ; mais ne la rencontrant
pas, il se retira sans leur rien
dire, de crainte de les alar-
mer, & fut sur le bord de
l'eau pour s'informer d'Elle.
Il craignoit qu'il ne luy fust
arrivé quelque malheur, &
les goutés de sang qu'il avoit
veües chés Elle, luy don-
noient lieu d'apprehender
toutes choses. Enfin, aprés
l'avoir cherchée inutilement
en mille lieux, il s'assit sous
un arbre pour reprendre ha-

laine ; quelque temps aprés il entendit une perſonne ſe plaindre , il preſta l'oreille pour écouter ſi ce ne ſeroit point Iris , dont il croyoit avoir reconnu la voix : En effet, il ne ſe trompoit pas, & c'eſtoit elle meſme. Cette Bergere qui n'avoit jamais eu de plus grands ſoins que ceux de chercher la joye & les plaiſirs , eſtoit ſortie cette ſoirée de ſon Hameau , ſans vouloir d'autre compagnie que celle de ſon inquietude, qui l'avoit conduite en révant juſques ſur le bord de la Riviere. La Lune qui paroiſſoit alors donna lieu de remar-

quer fa langueur à tous ceux
qui fe trouverent à fon paf-
fage. Ses cheveux tous né-
gligez , & les rubans noirs
dont elle avoit paré fa Hou-
lette & fa Panetiere, firent
juger qu'elle n'eftoit pas en
cét eftat, fans quelque caufe
furprenante. Aprés avoir fait
quelque pas fans prendre garde où fon chagrin la con-
duifoit, Elle choifit de l'œil
l'endroit le plus folitaire
qu'elle put trouver , & s'y
eftant nonchalamment avan-
cée , Elle s'affit en foupirant
fur quelques gazons que le
hazard y fit rencontrer. A
peine s'y fut Elle pofée ,

qu'Elle redoubla ſes ſoûpirs
& ſes larmes, ſa bouche pro-
nonçoit à moitié quelques
mots que ſa douleur l'empeſ-
choit d'articuler : Mais lors
que ſes pleurs luy purent permettre de s'expliquer avec un
peu plus de liberté, Dieux !
s'écria-t'Elle, pourquoy me
cauſez-vous tant de maux ?
Quels ſont les crimes que j'ay
commis pour meriter voſtre
haine.

Eſt-ce un crime d'aimer ce qui paroit ai-
  mable ?
    Si c'en eſt un, je ſuis coupable.
Mais, trop injuſtes Dieux ! vous l'eſtes
  plus que moy :
    Pourquoy rendre mon cœur ſenſible,
    S'il faut pour ſuivre voſtre loy,
Pratiquer pour vous plaire, une choſe im-
  poſſible ?

Et vous rivage infidelle, qui
servez de cercueil au plus parfait Oyseau du monde, quels
déplaisirs vous ay-je rendus
pour m'estre si funeste ? Alors
ses soûpirs arresterent le cours
de ses paroles pour quelques
momens : Mais enfin, regardant le courant des eaux,
Elle leur addressa ce discours.

Toy dont la course vagabonde,
Apporta jusqu'icy l'objet de mes soûpirs,
Arreste en ma faveur ton onde,
Pour m'entendre un moment plaindre mes
*   déplaisirs :*
Le plus beau des Oyseaux vient de perdre
*   la vie,*
Ce cruel accident m'accable de douleur,
Et d'un si triste sort ma disgrace est suivie,
Que je ne puis donner la mienne à mon mal-
*   heur.*

Elle n'en put dire davantage sans répandre des pleurs. Le Berger Lisis qui l'avoit écouté, & dont le cœur estoit sensible à la pitié, s'approcha d'Elle touché de compassion, pour joindre ses regrets aux plaintes d'Iris, & tâcher de sçavoir d'Elle, par quel accident Elle avoit perdu cét Oyseau dont la mort luy faisoit verser tant de larmes ; Mais lors qu'il commença d'en parler, Iris s'abandonna si fort à sa douleur, qu'Elle se vit hors d'estat d'en faire le juste recit, tout ce qu'elle pût faire dans ce transport, fut de dire à Lisis;

Obligeant Berger , oſte-toy ,
Souffre que dans la ſolitude,
l'exprime mon inquietude ,
Et plains moins un deſtin qui ne touche que
  moy ,
Ie pers ce que jamais on vit de plus aima-
  ble ;
De grace laiſſe moy ſoupirer en repos,
Mon chagrin t'importune & ton ſoin cha-
  ritable ,
  Augmente encor mes maux.

En effet, ſa douleur ſembla s'accroiſtre par ce triſte entretien, & Liſis affligé des déplaiſirs de la Bergere, ſentit tous les mouvemens dont un cœur genereux peut eſtre capable pour les malheureux. Il voulut pourtant tâcher d'apprendre de quelle ſorte ce malheur eſtoit arrivé ; il

erût que la douleur d'Iris di-
minüiroit s'il la pouvoit obliger à luy dire tout ce qu'elle
avoit fur le cœur : Et pour
l'engager à ce funefte difcours, il s'affit auprés d'Elle,
& prenant une de fes mains
entre les fiennes , Quoy ! luy
dit-il, d'un air qui marquoit
la part qu'il prenoit à fa tri-
fteffe , ne me voulez-vous
point apprendre quel acci-
dant a fait perdre la vie à
voftre petit Oyfeau.

Croyez vous que mon cœur fenfible à voftre
     peine ,
Refufe des foûpirs à fon malheureux fort;
        Ha ! Bergere, foyez certaine ,
Que je fuis plus que vous affligé par fa mort.

Iris vincuë des prieres de ce Berger, alloit commancer le triſte recit qu'il luy demandoit avec tant d'empreſſement, lors qu'ils entendirent dans l'eau quelque bruit qui donna de la crainte à Iris, le Berger la raſſeura le mieux qu'il luy fut poſſible : Mais comme elle voulut reprendre la parole, elle vit ſortir des eaux à la faveur de la Lune, une Nimphe à demy veſtuë d'une robe d'un Bleu Celeſte, dont l'étoffe tranſparante laiſſoit découvrir mille beautez, ſa gorge eſtoit toute découverte, ſes cheveux blonds & tous annelez,

tomboient jusques dans l'eau,
Elle avoit le Carquois sur l'é-
paule, & l'Arc à la main gauche, de l'autre Elle tenoit trois
Lis, dont la blãcheur cedoit à
celle de son tin, sa jupe estoit
retroussée au dessus des ge-
nous avec des Rubis, ce qui
donnoit un éclat admirable à
cette Nimphe. Elle avoit un
pied sur un petit monceau de
Fleurs que sa presence avoit
fait éclorre; l'autre estoit encore caché dans le Fleuve. Cette Divinité dont l'air languis-
sant s'accordoit avec la tri-
stesse des Bergers, remarqua
bien que sa veüe leur causoit
autant de crainte que d'admi-

ration, & pour finir leur éton-
nement, Elle dit à la Bergere
Iris qui vouloit ſe retirer par
reſpect.

Ne vous éloignez pas, Bergere trop ſenſible,
Je viens prendre ma part à vos ſecrets en-
    nuis ,
Voſtre douleur m'oblige à me rendre viſi-
    ble ;
Mais pour vous raſſeurer , apprenez qui
    je ſuis.
    C'eſt moy qu'on revere en cette Iſle,
    Et c'eſt par mon ſecours utile,
    Joint au ſoin de vos Matelots,
Que vous avez paſſé tant de liquides plai-
    nes ,
Les Zephirs amoureux par leurs douces
    halaines ,
    Vous ont conduite ſur mes eaux.

A ces mots Iris & Liſis ſe
voulurent mettre à genoux
devant cette Nimphe pitoya-

ble, pour luy temoigner leur zele, & luy rendre ce qu'ils croyoient luy devoir.

Mais s'oppoſant à leur deſſein,
Et prenant Iris par la main,
Je ne viens pas vous voir pour chercher des
　hommages,
Dit Elle, la pitié conduit icy mes pas,
De grace apprenez-moy ſans tarder davan-
　tage,
　De qui vous plaignez le trepas.

Hélas! Belle Nimphe, luy répondit Iris, je ne plains la mort d'aucune creature humaine, mes ſoûpirs & mes douleurs ont une cauſe bien plus innocente; ce n'eſt que la perte d'un Oyſeau que je pleure, mais il merite bien mes regrets, & jamais on n'a

répandu

répandu de larmes si justes.
Il ne se pouvoit trouver rien
de plus beau ny de plus aimable en toute la nature ; tous les
autres Oyseaux luy portoient
envie pour sa beauté, & tous
ensemble se liguoient contre
luy, pour luy faire la guerre.
Il estoit contraint pour se
mettre en repos, de se venir
refugier dans mon sein ; ce
n'estoit pas qu'il manquât de
cœur pour les combattre,
mais il dédaignoit des ennemis qu'il jugeoit trop au dessous de luy, pour se donner
la peine de les vaincre.

M

Il reſſentoit pour moy la derniere tendreſſe,
Il n'avoit de plaiſir qu'auprés de ſa Mai-
treſſe ,
S'il eſtoit loin de moy l'on voyoit ſa langueur,
Toutes ſes actions avoient lieu de me plaire,
Et ce petit Oyſeau gagna plûtoſt mon cœur,
Qu'un Amant ne l'auroit ſçeu faire.

L'amitié qu'il avoit pour moy fit naiſtre ma tendreſſe pour luy ; mais quand il ne m'auroit pas aimée, je n'aurois pas laiſſé de le cherir extrèmement. On remarquoit dans toutes ſes actions quelque choſe de ſurnaturel, ſa petite voix qu'il accordoit au ſon de mon Lut , donnoit de l'admiration à tous ceux qui pouvoient poſſeder le bonheur de l'entendre ; & la beauté

de son plumage, qui n'estoit
que la moindre de ses qualitez, charmoit les yeux de tout
le monde.

L'Amour le voyoit avec honte,
Les aisles que luy fit la Reine d'Ama-
thonte,
Paroissoient sans éclat auprés de cét Oyseau;
Ce Dieu fut si jaloux de sa beauté supré-
me,
Que pour perdre un objet si beau,
Et causer ma douleur extréme,
Il se servit du jeune Hilas,
Pour faire avancer son trepas.

Ce Dieu jaloux avoit tenté
toutes sortes de voyes avant
cette derniere, pour le faire
perir ; il avoit voulu seduire
tous les Bergers & Begeres de
cette Contrée, pour les obliger à le pouvoir mettre en

son pouvoir ; mais voyant que
pas une personne raisonnable
ne vouloit satisfaire à ses desirs, il gagna l'esprit d'un jeune Enfant étourdy comme
luy, pour s'en servir dans son
injuste & barbare dessein.
Vne de mes Compagnes
m'estoit venuë voir dans ma
Cabanne, & toutes deux ensemble nous parlions des gen-
tillesses de ce pauvre petit ani-
mal, lors que je l'entendis
crier, je me tournay de son
costé toute saisie de crainte,
& je vis Hilas oster son pied
de dessus sa teste. Aussi-tost
que ce petit malheureux fut
déchargé d'un si rude fardeau,

il sembla vouloir se trainer à mes pieds pour me donner aveque le dernier de ses soûpirs, les restes de sa vie, & le dernier de ses regards : Sa petite teste estoit panchée sur son aisle gauche, sa cervelle meslée avec son sang en sortoit à moitié entre les plumes, & sembloit par ce triste spectacle, me demander secours & vengeance tout à la fois.

Je ne vous diray point, Nimphe trop charitable,
Quels sont les mouvemens que je sentis alors,
Mais à cét objet pitoyable,
Je me souhaitay mille morts.

Iris n'en put dire davantage, le cœur luy manqua à ce
trifte fouvenir , & Lifis la
remporta dans fa Cabanne
pour la faire fecourir. La
Nimphe auffi touchée qu'Iris,
fe replongea dans les eaux ,
pour cacher les pleurs qu'elle donnoit au malheur de
cette Bergere infortunée , le
Ciel mefme ne fe put empef-
cher de pleurer , & de faire
voir par fa compaffion l'inte-
reft qu'il prenoit dans la perte qu'Iris avoit faite. Enfin,
tout parut s'affliger avec Elle,
l'Aurore qui furvint dans ce
moment s'eftant informée à
fon cher Cephale de cette

avanture , couvrit tous les
Parterres de Flore de ses larmes. A peine cette Déesse eut
anoncé le retour du Soleil,
que Lisis & la Bergere prirent
le corps du pauvre deffunt
petit Oyseau, & aprés l'avoir
embaumé le furent enterrer
au pied d'un Rosier, pour faire
voir que comme la Rose est
la Reine des fleurs, aussi le
petit malheureux qu'elle en-
terroit estoit digne par son
merite d'estre le Roy des Ani-
maux. Aprés qu'ils eurent re-
nouvellé tous leurs regrets, &
couvert sa fosse d'une pierre,
ils graverent toute cette hi-
stoire sur l'escorce des arbres,

& mirent cette Epitaphe ſur
ſa tombe pour marque éternelle de leur ſouvenir & de
leur juſte douleur.

EPITAPHE.

EPITAPHE.

CY git ſous cette pierre ronde,
Le plus parfait Oyſeau du monde,
Iris l'aima ſi tendrement,
Qu'alors que la Parque cruelle,
Le fit entrer au monument,
Elle en ſentit dans l'ame une douleur mor-
telle.
Paſſant, ſi la pitié toucha jamais ton cœur,
Et ſi tu participe en un pareil malheur,
A l'extrème douleur qu'Iris en a ſoufferte:
Lis avec déplaiſir ſon Hiſtoire à ton tour,
Et ſache qu'en beautez il ſurpaſſa l'A-
mour ;
Mais que ce Dieu jaloux fut cauſe de ſa
perte.

A Mademoiselle de Morville.

MADRIGAL.

I'Ay leu le recit du trepas,
De ce Moyneau remply de charmes,
Et j'ay, je ne le cele pas,
Eu peine à retenir mes larmes;
Iamais rien ne fut mieux escrit,
Tout est galant, tout est bien dit,
Les vers sont beaux, la prose est belle,
Mais je voudrois qu'Iris si tendre à
l'amitié,
Pour moy comme pour luy conçeust
quelque pitié,
Puisque je meurs d'amour pour Elle.

DV VAL.

Autre.

IRis vous ternissez vos charmes
En pleurant la mort d'un Moyneau,
Gardez ces precieuses larmes,
Pour ceux que vos rigueurs mettent dans
le tombeau.

DV VAL.

Autre.

C'Eſt trop long-temps pleurer pour
   la mort d'un Moyneau,
     Gentil de voix & de plumage,
     Si vous en voulez un plus beau,
Vous n'avez, belle Iris, qu'à me preſter
   ſa cage.

DV VAL.

RESPONSE.

MOn Moyneau n'avoit point de
   cage,
Ie le laiſſois en liberté,
D'ailleurs je l'ay trop regretté,
Pour en accepter davantage.

FIN.

Fautes survenües dans l'impression.

Page 31 au 10ᵉ vers, au lieu d'inconstant, *lisez*, infidelle.

Page 34 au 3ᵉ vers, au lieu de repeter, *lisez*, rappeler.

A la mesme page au 4ᵉ vers, au lieu de douleurs, *lisez*, douceurs.

Page 39 au 6ᵉ vers, au lieu de toûjours, *lisez*, un jour.

Page 133 à la 6ᵉ ligne, au lieu de tin, *lisez*, tein.

Page 142 à la 16ᵉ ligne, au lieu de s'affliger, *lisez*, s'affliger.

www.ingramcontent.com/pod-product-compliance
Lightning Source LLC
Chambersburg PA
CBHW051148260626
47170CB00005B/2011